Die Taunus-Ermittler Band 13 –

Treffpunkt La Seu

AF191778

Weitere Infos erhalten Sie auf unserer Website.
Diese erreichen Sie unter:

www.Gabriele-und-Jürgen-Jost.de

Gabriele und Jürgen Jost

Die Taunus-Ermittler 13 – Treffpunkt La Seu

Kriminalroman

Bibliografische Information der Deutschen Nationalbibliothek:
Die Deutsche Nationalbibliothek verzeichnet diese Publikation in der
Deutschen Nationalbibliografie;
detaillierte bibliografische Daten sind im Internet über
http://dnb.d-nb.de abrufbar.

© 2023 Gabriele und Jürgen Jost
Satz, Umschlaggestaltung, Herstellung und Verlag:
BoD – Books on Demand
ISBN: 978-3-7578-6494-1

1.

Juan Hernandez saß im frisch renovierten Wohnzimmer seines schmucken Einfamilienhauses am Stadtrand von Son Servera. Doch statt bei einem Glas Wein seinen Feierabend zu genießen, war er einmal mehr der Verzweiflung nahe. Seit gut und gern einem Jahr lief bei dem leitenden Kommissar der Kripo von Palma de Mallorca gar nichts mehr rund.

Genau genommen, seit damals der hohe Beamte aus dem Innenministerium in Madrid an seinem Schreibtisch aufgetaucht war und mit Engelszungen auf ihn eingeredet hatte, nicht schon mit sechzig aufzuhören. Der hatte ihn so lange bearbeitet, bis er schließlich zugesagt hatte, seinen wohlverdienten Ruhestand wegen der chronischen Personalknappheit bei der Polizei bis nach seinem fünfundsechzigsten Geburtstag zu verschieben. Das hatte ihm zwar eine saftige Erhöhung seiner Bezüge eingebracht, aber auch jede Menge Ärger.

Am Anfang waren es nur lästige Kleinigkeiten wie spurlos verschwundene Unterlagen, verpasste Termine, fehlerhafte Einsatzbefehle oder funktionsuntüchtige Fahrzeuge bei einem Großeinsatz, aber all diese Ereignisse hatten eines gemeinsam: Sie ließen ihn jedes Mal ein bisschen mehr als überlasteten und zunehmend überforderten Vorgesetzten erscheinen, der dem Vertrauen, das man an höherer Stelle in ihn setzte, in keiner Weise mehr gerecht wurde.

Ihm war klar, dass er irgendjemandem im Wege war, nur wem?

Er ertappte sich immer öfter dabei, wie er misstrauisch seine Kollegen beäugte und dabei selbst den Polizeipräsidenten nicht aussparte.

Dennoch würde ihn das alles weit weniger berühren, wäre da nicht dieser seltsame Vorfall vor einer Woche gewesen. Er war mit seinem Privatwagen auf dem Weg zu einer Familienfeier in Manacor, seine Frau hatte ihn gebeten, zunächst allein zu Onkel Alberto zu fahren, da sie aus dem Maklerbüro, in dem sie arbeitete, nicht wegkam. Sie wollte nachkommen. Aber schon kurz nach dem Aufbruch hatte er eine Reifenpanne, und was ihm sonst wie Pech vorgekommen wäre, hatte sich dieses Mal als Glücksfall erwiesen. Normalerweise hätte er den Reifen selbst gewechselt, aber der Zufall wollte es, dass ganz in der Nähe ein guter Freund aus Jugendtagen seine Werkstatt mit Abschleppunternehmen und Autoverleih hatte. Kurzerhand rief er seinen Freund an, ließ den Wagen in die Werkstatt schleppen und fuhr mit einem von dessen Leihwagen zur Feier. Dennoch hatte das Ganze ihm fast eine Stunde Verspätung eingebracht.

So weit hätte das alles noch Zufall sein können. Aber als nur eine gute Stunde später zwei Polizisten vom Posten Manacor auf der Feier auftauchten, um ihn festzunehmen, glaubte er nicht mehr daran. Die Beamten erklärten ihm, man habe ihn bei der Observation eines inselbekannten Kriminellen beobachtet und gesehen, dass er von diesem Geld bekommen habe. Über sein Autokennzeichen sei er schnell identifiziert worden. Darauf klärte er die Beamten auf, wer er war, benannte ihnen fünf Zeugen, die ihn an diesem Nachmittag in der Werkstatt gesehen hatten, und erklärte, dass sein Wagen in der Zeit, in der er angeblich gesehen wurde, auf dem Hof der Werkstatt stand. Vielleicht war er in diesem Moment sogar noch fahruntüchtig.

Damit war er zwar aus dem Schneider gewesen, aber mit seiner Ruhe war es dennoch vorbei. Das war nicht einfach ein unzufriedener Kollege, der sich durch Hernandez' Nichtausscheiden um einen besseren Posten betrogen sah. Da steckte eindeutig mehr dahinter. Das Schlimmste aber war, dass er seitdem auch seiner Juanita misstraute.

Juan Hernandez riss sich aus seinen trüben Gedanken, sprang auf und brüllte geradezu in sein leeres Wohnzimmer hinein: »Juan, alter Junge, du wirst langsam paranoid! Überall siehst du Gespenster. Jetzt misstraust du schon deiner Frau, nur weil sie nicht aus der Firma wegkonnte.«

Gut, dass er zurzeit allein im Haus war.

Ruhelos wie ein Tiger wanderte er mehrfach durch den großen Raum, bevor er nachdenklich am Terrassenfenster stehen blieb und in den großen, mit alten Obstbäumen bepflanzten Garten starrte.

Einige Sekunden stand er still da, dann murmelte er: »So komm ich nicht weiter. Ich weiß ja nicht mal, an wen von meinen Kollegen ich mich wenden könnte. Ich brauche Hilfe von außen und weiß auch schon von wem – Peter Stettner. Ich hab in der Vergangenheit so einiges für ihn getan, jetzt ist er mal dran.«

Auf dem Schulhof ging es gegen Ende der ersten großen Pause laut zu. Alina und Anina Weimershaus, die die erste Klasse der Grundschule in den Sindlinger Wiesen besuchten und kurz vor ihren ersten großen Ferien standen, palaverten lautstark mit ihren Freundinnen Emily und Lilly Spielberg, ebenfalls Zwillinge, die gern mit den zahlreichen

Reisen angaben, die ihre Eltern mit ihnen unternahmen. Gerade als Alina ansetzen wollte zu erzählen, dass auch sie dieses Jahr in den Urlaub fliegen würden, riss der Klingelton zum Pausenende sie aus ihrer Unterhaltung. Sie beeilten sich, in ihren Klassenraum zu kommen; hätten sie jedoch geahnt, was sie dort erwartete, wären sie bestimmt nicht so schnell gewesen.

»Guten Morgen«, sagte ihre grauhaarige, meist freundliche, aber auch recht strenge Klassenlehrerin Frau Lewald und packte die Mappe mit korrigierten Übungsblättern schwungvoll auf ihr Pult. »Das war das letzte kleine Diktat in diesem Schuljahr, und es ist leider nicht so ausgefallen, wie ich es mir für euch gewünscht hätte. Dieses Jahr gibt es ja noch keine Noten, und ihr habt jetzt erst einmal große Ferien. Aber einige von euch sollten die Ferienzeit nutzen, um ab und zu Lesen und Schreiben zu üben.«

Die Zwillinge und alle ihre Mitschüler sahen sich entsetzt an, während die Lehrerin die Hefte verteilte. Wenig später atmeten Alina und Anina aber sichtlich erleichtert auf, denn als sie ihre Zensur sahen, wussten sie, dass sie mit einer Drei minus und einem blauen Auge davongekommen waren.

Fast zur gleichen Uhrzeit hatte Peter Stettner den Telefonhörer in der Hand und diskutierte heftig mit Oliver Krause, dem Internet-Ermittler. Claus Mergentheimer war an diesem Tag für die Kaffeemaschine zuständig, während Stefan Weimershaus mit der letzten Spesenabrechnung beschäftigt war. So bekamen sie erst gar nicht mit, dass Annika Stettner das Büro betreten hatte und mit dem Frühstück kam.

»Setz dich zu uns, Annika«, sagte Peter, der mittlerweile sein Gespräch beendet hatte.

»Gern, aber nur kurz. Die Waschmaschine ist im letzten Spülgang, und bei dem schönen Wetter möchte ich die Wäsche im Garten aufhängen. Für morgen ist doch schon wieder Regen angesagt.«

»Mach das nur«, sagte Peter und biss herzhaft in sein Frikadellenbrötchen.

Aber Annika entgegnete schnippisch: »Und morgen ist dein Hausarbeitstag. Da bist du mit Bügeln dran.«

Peter verdrehte die Augen, denn er hatte gehofft, dass ihm das erspart bliebe, aber seit Annika wieder mehr mitermittelte, musste er eben auch im Haushalt mehr machen.

Wenige Minuten später hatte Annika ihren Kaffee getrunken und sagte im Aufstehen: »Sven kommt um eins aus der Schule, und bis dahin soll das Mittagessen auch fertig sein.

»Was gibt es denn Gutes?«, hakte Peter sogleich nach.

»Lass dich überraschen.«

Kaum war Annika aus dem Büro gegangen, setzten sich die Detektive zur Vormittagsbesprechung zusammen und besprachen das weitere Vorgehen bei ihrer Observation in Königstein. Der Inhaber eines Autohauses hatte sie engagiert, da seit einiger Zeit immer wieder Werkzeuge und Ersatzteile verschwanden und trotz der Kameraüberwachung des Lagers nie jemand ertappt wurde.

»Eigentlich könnte ich doch meinen Wagen mal zu einer Inspektion dort hinbringen«, fing Stefan an.

»Nötig hätte er es wirklich«, sagte Peter grinsend, »dabei könnte man sich allerdings die Mitarbeiter und auch die Räumlichkeiten vielleicht ein bisschen unauffälliger unter die Lupe nehmen.«

»Na, dann macht mal«, frotzelte Claus, »es wäre gut, wenn wir endlich etwas vorankommen.«

»Wie meinst du das?«

»Sonst werden wir vor unserem geplanten Urlaub bestimmt nicht fertig, und Steffi denkt am Ende noch, wir verzögern den Fall absichtlich, weil wir überhaupt nicht verreisen wollen.«

»Dann auf in den Kampf«, sagte Peter, erhob sich und nahm seine dünne Kapuzenjacke vom Haken. »Wir fahren nach Königstein.«

Nachdem Annika und Sven zu Mittag gegessen hatten, verzog sich der Siebzehnjährige ziemlich schnell in seine Bude unterm Dach, ließ sich auf sein Bett fallen und dachte traurig an seinen Freund.

Was hat Benjamin eigentlich?, fragte er sich immer wieder. *Irgendwie weicht er mir aus, aber warum nur? Was habe ich ihm getan?* War er nur deshalb so abweisend, weil Sven sich durchgesetzt hatte und jetzt, zu den Sommerferien, nach der Zehnten die Schule mit einem Realschulabschluss verlassen würde? Hatte Benjamin es ihm wirklich übelgenommen, dass sein Vater darauf bestanden hat, dass er das Abitur macht? Das konnte doch nicht alles sein, auch wenn er sich mehr als einmal darüber beklagt hatte, dass Sven ihn allein lasse. *Aber ich hätte mich unmöglich ihm zuliebe bis zum Abitur durchschleppen und am Ende noch eine Ehrenrunde drehen können.* Und darauf wäre es wohl hinausgelaufen.

Niedergeschlagen wie selten zuvor stand Sven auf, riss sich fast schon gewaltsam aus der Spirale trüber Gedanken und holte sich eine Flasche Wasser aus dem Kühlschrank in der kleinen Küche, die zu seinem Apartment unterm Dach gehörte.

Gut, dass Peter es geschafft hat, Mutti zu überzeugen, dass ich mit der Schule aufhören kann, dachte er auf dem Weg zurück ins Zimmer. *Sonst hätte das bestimmt ganz schön Zoff gegeben.* Wie auch immer, am fünfzehnten Oktober würde er achtzehn werden, und danach würde er sowieso machen, was er wollte.

Etwa zur gleichen Zeit kaute Benjamin Langer nachdenklich auf seinem Kugelschreiber herum und starrte Löcher in die Luft. Er hatte nicht die geringste Ahnung, wie er Sven beibringen sollte, dass er sich in einen anderen verliebt hatte. Sollte er ihm schreiben, auf die Mailbox quatschen oder gar nichts tun und erst einmal zweigleisig fahren?

Mit einem unguten Gefühl in der Magengegend erhob sich der rundliche Siebzehnjährige von seinem Schreibtisch, verließ sein Zimmer und ging in die Küche der elterlichen Vierzimmerwohnung in der Mühlstraße, unterhalb des Klosters in Kelkheim. Er nahm sich eine Cola aus dem Kühlschrank, trank sie in gierigen Zügen halb leer und nahm den Rest mit in sein Zimmer.

Kaum dass er wieder am Schreibtisch saß, klingelte sein Handy. Der Blick auf das Display versetzte ihm einen freudigen Schrecken, und er meldete sich schnell.

Sofort drang die Stimme seines neuen Freundes an sein Ohr, und als der fragte, ob sie sich gleich treffen könnten, war er hin und weg.

»Klar, komm nur. Meine Eltern sind bis nach sechs auf der Arbeit, und mein großer Bruder ist mit seiner Flamme verreist. Wir sind also vollkommen ungestört. Komm schnell, ich freu mich so auf dich.«

Kaum hatte er das Gespräch beendet, da begann Benjamin sein Zimmer in Ordnung zu bringen, das es wie immer ziemlich nötig hatte, und träumte davon, sich schon in wenigen Minuten in die starken Arme seines Freundes Julian schmiegen zu können. In all seiner Verliebtheit kam er gar nicht erst auf die Idee, sich zu fragen, ob der einundzwanzigjährige ausgesprochen attraktive Julian Stein sich wirklich in ihn, den recht pummeligen Benjamin Langer, verliebt hatte oder ob er nicht ganz andere Ziele verfolgte.

Das Festnetztelefon in Stefan und Verena Weimershaus' Wohnung in der Krakauer Straße läutete.

»Weimershaus«, meldete Stefan sich, und augenblicklich schallte ihm die verweinte Stimme von Dagmar Stettner entgegen, Peters Mutter und Verenas Oma. »Ich wollte euch nur Bescheid geben, dass Andreas schon wieder ins Krankenhaus eingeliefert worden ist.«

»Was ist denn passiert?«

»Er war heute Morgen bei der Nachsorgeuntersuchung …«

»Wieder der Darm?«

Andreas Stettner war erst letztes Jahr wegen Darmkrebs operiert worden.

»Nein, dieser Arzt ist verdammt gründlich. Jetzt ist es die Lunge. Er hat sofort einen Rettungswagen gerufen und ihn in die Klinik eingewiesen. Er hat gemeint, dass es verdammt ernst ist.«

»Wie denn das? Andreas war doch wieder so fit!«

»Ich versteh's ja auch nicht. Im Herbst bei der Reha in Marburg hat er mit seinen zweiundachtzig Lenzen den anderen Patienten im Fitnessraum etwas vorgeturnt.«

»Und das kam aus heiterem Himmel?«

»Nein, ein kleiner Schatten war da auch schon auf der Lunge.«

Stefan verkniff es sich zu fragen, ob sie das vielleicht nicht ernst genug genommen hätten, und fragte stattdessen: »Kann ich dich in die Klinik fahren?«

»Ich bin ja schon dort.«

»Können wir dich abholen?«, fragte nun Verena, die aus dem Kinderzimmer herbeigeeilt war, aber ihre Großmutter sagte: »Lasst mal, ich habe schon mit Peter telefoniert, er ist bereits auf dem Weg nach Bad Soden.«

Peter Stettner war noch nicht allzu lange wieder zu Hause, als das Telefon laut und eindringlich zu läuten begann. Erschrocken fuhr er zum Apparat herum, und obwohl ihm klar war, dass es im Grunde nicht sein konnte, da die Operation erst am folgenden Morgen ausgeführt wurde, stiegen allerschlimmste Bilder von allen möglichen Komplikationen in ihm auf.

Erst nachdem er das Mobilteil des Festnetztelefons am Ohr hatte, wurde er wieder ruhiger, denn augenblicklich klang ihm die aufgeregte Stimme seines früheren Intimfeindes, der ihm inzwischen fast schon ein Freund geworden war, entgegen.

»Hallo, Juan, Juan Hernandez, das ist aber eine Überraschung. Wie geht es dir denn im Ruhestand? Hast du Langeweile?«

»O Gott, nein, das ganz bestimmt nicht. Und das mit dem Ruhestand ist auch passé. Man hat mich gebeten, bis zum Fünfundsechzigsten weiterzumachen.«

»Du warst doch hoffentlich nicht so blöde zuzusagen?«

»Doch, und damit fangen meine Probleme an.«

Juan Hernandez umriss grob, was ihm widerfahren war, und schloss mit den Worten: »Irgendjemandem scheint es ganz und gar nicht zu schmecken, dass ich mich noch fünf Jahre länger um die Abteilung für Kapitalverbrechen hier auf der Insel kümmern werde. Und dass ich in diesem Zusammenhang eine neue Gruppe aufbauen soll, die sich vorrangig mit der Verflechtung von organisierter und Bandenkriminalität befasst.«

»Was kann ich denn da tun?«, fragte Peter, in dem ein Verdacht aufkeimte.

»Kommen und mit mir ermitteln. Dich kennen sie nicht. Ich brauche unbedingt jemanden von außerhalb an meiner Seite, bevor ich ganz durchdrehe. Jetzt verdächtige ich sogar schon meine Frau, in diesem Komplott mit drinzustecken.«

»Äh, ja, lass mich mal überlegen. Ich rufe dich in den nächsten Tagen an und sage dir Bescheid. Grüß derweil deine hübsche Frau von mir.«

»Okay, du musst ja auch erst mal sehen, ob du dich freimachen kannst«, sagte der mallorquinische Kommissar außergewöhnlich nachgiebig, und Peter wurde mit einem Mal klar, wie ernst die Lage offenbar war.

Dann legte er auf.

Er hatte den Hörer noch nicht ganz in die Basisstation zurückgestellt, da ertönte hinter ihm ein scharfer Ausruf Annikas, die er gar nicht hatte ins Wohnzimmer kommen sehen. »Welche hübsche Frau?«

»Die von Juan Hernandez.«

»Hat er hier angerufen? Was will er denn?«

»Er wünscht, dass ich ihm helfe.«

»Der gnädige Herr wünscht, und du springst.«

»Hab ich das gesagt?«

»Ich kenn dich doch. Wenn jemand dich um Hilfe bittet, bist du der Allerletzte, der Nein sagt. Lass dich nicht wieder wochenlang einspannen wie vorletztes Jahr, und unsere Fälle bleiben liegen.«

»Hast ja recht«, sagte Peter vage, und als sonst nichts

mehr kam, meinte Annika: »Komm mit in die Küche, das Abendbrot wartet.«

»So«, schloss Peter am nächsten Morgen bei ihrer aktuellen Lagebesprechung. »Das sind alle Fakten von Juans Anruf.«

Stefan und Claus sahen es ihrem Freund und Kollegen förmlich an, wie sehr er hin- und hergerissen war, einerseits seinem Vater beizustehen, andererseits nach Mallorca zu fliegen, um nach all den kleinen, unbedeutenden Scheidungs- und Korruptionsfällen der letzten Monate endlich wieder in einem bedeutenden Fall mitzumischen. Denn genau das hielt er inzwischen für möglich, nach allem, was Juan Hernandez berichtet hatte.

»Warte doch einfach noch einige Tage ab, vielleicht geht es deinem Vater ja dann wieder etwas besser«, schlug Claus vor, »und melde dich dann bei diesem Hernandez. Parallel dazu versuchst du, zwei Zimmer in Stefans Hotel in Cala Millor zu bekommen, und fliegst zusammen mit deiner Familie in den Sommerurlaub. Während deine Leute mit Stefan, Verena und den Zwillingen am Strand liegen, kannst du mit Hernandez losziehen. Sollte es deinem Vater weiterhin so schlecht gehen, bläst du alles ab. Wenn Hernandez kein völliger Idiot ist, wird er dafür schon Verständnis haben.«

»Claus, du bist ein Genie. Die Sache hat nur einen Haken. Du …«

»Ich halte hier derweil die Stellung. Es ist Sommerzeit und einigermaßen ruhig. Außerdem wollte ich euch heute eigentlich mitteilen, dass ich erst in der zweiten Septemberhälfte Urlaub machen möchte. Das klappt also.«

Erst dann sah er zu Annika und Verena hinüber, die vor einigen Minuten dazugestoßen waren und bislang geschwiegen hatten.

»Es ist euch doch recht so?«, fragte er und erwartete Widerspruch, aber zu seinem Erstaunen stimmten die beiden Frauen freudig zu. Die Gelegenheit, wieder einmal einen gemeinsamen Urlaub im Süden zu verbringen, ließ sie darüber hinwegsehen, dass Peter vorhatte, sich dort rarzumachen.

»Prima«, freute sich Peter. »Claus, Stefan, dann fahrt ihr zwei nach Königstein, damit wir diesen Fall in den nächsten Tagen zum Abschluss bringen. Annika und Verena können hier im Büro bleiben, und ich werde in der nächsten halben Stunde meine Mutter abholen, um mit ihr in die Klinik nach Bad Soden zu fahren. Inzwischen dürfte mein Vater aus dem OP raus sein.«

Noch am selben Abend setzten sich die Familien Stettner und Weimershaus zusammen.

»Wie geht es denn Andreas?«, fragte Stefan, noch bevor sie am Tisch saßen.

»Erstaunlich gut. Er scheint die Lungenoperation ähnlich gut verkraftet zu haben wie die beim Darmkrebs letztes Jahr. Er liegt zwar noch bis morgen auf der Intensivstation, aber das hindert ihn nicht daran, bereits wieder mit den Krankenschwestern zu schäkern. Wenn sich alles so gut entwickelt, wie es im Moment aussieht, kommt er spätestens am zehnten Juli nach Hause.«

»Dann könntet ihr …«

»Ja. Wir machen es so: Erst einmal feiern wir am elften Juli meinen sechzigsten Geburtstag in abgespeckter Form im Biergarten. Dass Papa daran schon teilnehmen kann, glaube ich allerdings nicht. Dazu wird er noch zu schwach sein. Ich werde mich schleunigst bemühen, für den neunzehnten Juli zwei Zimmer in eurem Hotel in Cala Millor zu bekommen. Während ich mich etwas intensiver um Juans Problem kümmere, könnt ihr schön Urlaub machen. Sven, das wird dir auch gefallen.«

»Kann ich nicht zu Hause bleiben?«, fragte der stattdessen und dachte dabei an Benjamin, dem er sich dann endlich wieder etwas intensiver widmen könnte.

»Nein, das geht nicht«, sagte Annika und ließ erst gar keinen Widerspruch aufkommen, »du bist noch nicht volljährig.«

»Aber fast.«

2.

Zwei Wochen später saßen Peter, Annika und Sven im Flugzeug nach Mallorca. Familie Weimershaus war bereits am Vortag geflogen, aber es war auch so schon ein glücklicher Zufall gewesen, dass sie in den Sommerferien so kurzfristig noch ein Doppel- und ein Einzelzimmer im selben Hotel bekommen hatten.

Während die drei in zehntausend Metern Höhe die Alpen überquerten, hing jeder seinen Gedanken nach. Sven dachte wutentbrannt daran, dass er vor zehn Tagen Benjamin in einer einsamen Ecke des Schulhofs wild knutschend mit dessen neuem Freund Julian erwischt und sofort Schluss gemacht hatte. Annika ihrerseits war froh, dass Sven dann doch noch so schnell eingelenkt hatte, mitzukommen.

Was sie nicht wusste, war, dass das nicht nur dem Zerwürfnis mit Benjamin geschuldet war, sondern zu einem guten Teil mit Peters Angebot zu tun hatte, dass Sven auf Mallorca mitermitteln dürfe. Diese besonders intensive Freundschaft zu Ben, bei der ihr schon öfter der Verdacht aufgekeimt war, dass es vielleicht viel mehr sein könnte, war ihr ohnehin immer etwas suspekt gewesen.

Während Sven und Annika sich immerhin noch gelegentlich mit einem Blick durchs Fenster auf die tief unter ihnen vorbeiziehende Hochgebirgslandschaft ablenken konnten, war Peter so tief in seinen Gedanken versunken, dass es nichts nutzte, ihn anzusprechen. Er hörte es nicht. Zuallererst waren seine Gedanken bei seinem Vater, der in den letzten Tagen vor ihrer Abreise einen munteren, um nicht zu sagen verdächtig aufgekratzten Eindruck gemacht hatte.

Ihm klang es noch im Ohr, wie der alte Herr gesagt hatte: »Fliegt nur, mir geht es inzwischen schon wieder so gut, dass ich erwäge, mit deiner Mutter in spätestens sechs Wochen nach Bad Füssing zu fahren.«

Warum hatte er trotzdem die ganze Zeit über den Eindruck gehabt, dass die ganze Munterkeit nur gespielt war?

Um sich auf andere Gedanken zu bringen, dachte er an den gerade abgeschlossenen Fall mit dem Autohaus in Königstein, der noch einmal einiges Geld in ihre Kassen gespült hatte. Dass es der Teilhaber des Autohauses war, der Ersatzteile und Werkzeug auf eigene Rechnung versilbert hatte, um seinen Schuldenberg abzutragen, hatten sie nach näherer Betrachtung seiner Lebensverhältnisse schnell geahnt, aber ihn in flagranti zu stellen war gar nicht so einfach gewesen, da er sehr geschickt vorgegangen war.

Nicht schon wieder die Arbeit, dachte Peter und musste schmunzeln, weil schließlich auch auf der Urlaubsinsel Arbeit auf ihn wartete. *Wie werde ich es Annika nur beibringen, dass ich Sven versprochen habe, dass er mitmischt? Das wird noch ein hartes Stück Arbeit …*

Peter wurde aus seinen Gedanken gerissen, als jemand ihn heftig an der Schulter rüttelte. Es war Annika, die ihn fragte, ob er denn nicht aussteigen wolle, da das Flugzeug soeben gelandet war.

»Jaja, klar doch«, sagte Peter noch ganz abwesend, nahm sein Handgepäck aus dem Gepäckfach und strebte seiner Familie hinterher, die sich bereits in die dicht gedrängte Schlange im Gang eingereiht hatte.

Da es inzwischen schon fast zwanzig Uhr war, stand die Sonne recht tief über der Insel, und sie hatten schließlich noch eine gute Stunde Busfahrt vor sich. Bis sie in Cala Millor angekommen waren, würde es fast dunkel sein. Sobald sie ihr Zimmer bezogen, noch etwas zu Abend gegessen und die Zwillinge ins Bett gebracht hatten, wollten sie Stefan und Verena in der Hotelhalle treffen, um mit ihnen an der Bar noch etwas zu trinken.

Am nächsten Morgen, der Abend war hochprozentiger verlaufen als geplant, erwachte Peter mit einem gewaltigen Brummschädel.

Annika neben ihm blinzelte ihm zu und murmelte: »Geht's dir auch so mies?«

Peter verzog den Mund zu einem schiefen Grinsen, das alles sagte, und erhob sich nicht gerade schwungvoll.

»Ich muss unbedingt Juan anrufen, so hab ich es mit ihm vereinbart.«

»Hat das nicht Zeit bis nach dem Frühstück?«

»Nein, dazu haben wir zu lange geschlafen. Ich hab versprochen, mich zu melden, bevor er zum Dienst fährt, also vor halb neun.«

»Na, da musst du dich aber beeilen«, sagte Annika süffisant grinsend und hielt ihm den Wecker hin, der zwanzig vor neun anzeigte.

»Scheiße.«

Peter nahm sein Handy und wählte die private Mobilfunknummer von Kommissar Hernandez, der sich nur Bruchteile von Sekunden später meldete.

Als Peter ihm erklärt hatte, warum er sich so spät meldete, meinte der nur: »Besser spät als nie. Aber du hättest mich ohnehin zu Hause nicht mehr erreicht, da ich um neun Uhr beim Polizeichef einbestellt bin. Ich bin schon fast in Palma.«

»Das hört sich aber nicht gut an.«

»Ist es auch nicht. Ich werde mir vermutlich einen schweren Rüffel abholen können, obwohl der Chef ein Freund aus Kindertagen ist. Ich melde mich bei dir, sobald ich's hinter mir habe, also noch vor Mittag.«

»Okay, tu das. Ich denke derweil mal über mögliche Strategien für unser weiteres Vorgehen nach. Bis dann.«

Als er aufgelegt hatte, sagte er zu Annika: »So, jetzt gehen wir in Ruhe frühstücken. Bis Juan zurückruft, kann es elf Uhr werden.«

»Wir gehen nach dem Frühstück an den Pool, kommst du mit?«

»Warten kann ich auch dort«, sagte Peter, und Annika dachte: *Oh, das kann ja noch heiter werden.*

Eine gute halbe Stunde später hatten alle ein Plätzchen in der Nähe des Pools gefunden. Die beiden Familien konnten aber nicht nebeneinanderliegen, dazu waren sie einfach zu spät dran gewesen. Entsprechend schleppend lief die Kommunikation zwischen ihnen. Zuerst spielten die Zwillinge noch Postillion, aber schon bald hatten sie genug von diesem Spiel, das zudem zu jeder Menge Missverständnissen führte. So hatte Peter angekündigt, einen eigenen Mietwagen nehmen zu wollen, um bei den Recherchen unabhängiger zu sein, und bei Stefan war angekommen, dass sie einen gemeinsamen Mietwagen benutzen wollten. Erst als Verena lautstark protestierte, dass das wohl auf keinen Fall funktionieren könnte, war ihnen das Missverständnis aufgefallen.

Peter sah auf seine Armbanduhr, stellte fest, dass es noch nicht einmal halb elf war, und ging zu Stefan hinüber.

»Komm, lass uns an die Rezeption gehen, dort kann man Autos mieten. Am besten einen Van für euch und einen Kleinwagen für mich. Ist das okay?« Als niemand in der Runde Einwände erhob, gingen die beiden Männer ins Hotel.

Während sie die Wagen mieteten und für drei Uhr ans Hotel zustellen ließen, sah Peter unentwegt auf seine Armbanduhr. Aber der Anruf von Juan Hernandez ließ lange auf sich warten. Erst als es schon halb eins durch war, läutete Peters Handy.

»Juan, was gibt's?«, fragte er gleich, obwohl er die Nummer seines Gesprächspartners nicht im Display erkannte, »du bist aber spät dran.«

»Ich weiß, aber ich musste mir erst eine Telefonzelle suchen. Da ich mich im Moment nicht einmal mehr traue, mein eigenes Handy zu benutzen. Im Smartphonezeitalter findet man ja kaum noch welche.«

»Was hat dein Boss gesagt?«

»Es wurde eine interne Ermittlungskommission gebildet, die mich überwachen soll. Der Polizeichef, wie gesagt ein Jugendfreund von mir, hat mir unter der Hand verraten, dass ich auch beschattet werde, was meine Bewegungsfreiheit ganz schön einengt. Auch weil ich diese Idioten erst abhängen musste, ist es später geworden. Außerdem wird mein Telefon- und Mailverkehr überwacht. Vom Dienst suspendiert wurde ich – noch – nicht, das hat mein Freund vorerst verhindert, obwohl es laute Forderungen danach gab. Er konnte höhere Stellen davon überzeugen, dass dafür die Beweislage zu dünn ist. Die Leitung der Kommission Kapitalverbrechen bin ich allerdings erst einmal los. Mein guter Bekannter und Stellvertreter hat bis auf Weiteres die Leitung übernommen.«

»Guter Bekannter? Seid ihr befreundet, und kannst du ihm vertrauen?«

»Befreundet – so weit würde ich vielleicht nicht gehen, aber wir treffen uns gelegentlich auch privat. Aber vertrauen kann ich ihm auf jeden Fall.«

Peter verkniff es sich zu fragen: *Bist du da ganz sicher?*, und fragte stattdessen: »Wie soll es jetzt weitergehen?«

»Da ich jetzt Dienst habe und die Anweisungen meines ehemaligen Untergebenen befolgen muss, können wir uns erst heute Abend treffen. Wenn ich auf dem Nachhauseweg meine Beschatter abgeschüttelt habe, wende ich und fahre nach Palma zurück. Wir treffen uns nicht vor einundzwanzig Uhr dreißig, bei einsetzender Dämmerung, an der Kathedrale La Seu in Palma.«

»Wie finde ich dich?«

»Ich werde dich ansprechen, erwarte mich an der Plaça de la Seu. Wenn die Luft rein ist, komme ich auf dich zu. Lauf aber nicht gleich wieder fort, es kann etwas dauern, bis ich die Lage gecheckt habe.«

»Okay, so machen wir es«, sagte Peter nur, dann beendete er das Gespräch.

»Ach, bist du auch mal wieder ansprechbar?«, frotzelte Annika, nachdem er endlich aufgelegt hatte. Kein Wunder, denn das Gespräch hatte gut und gern eine halbe Stunde gedauert.

»Wir sollten etwas essen, wer weiß, wenn ich wieder etwas bekomme.«

Annika ahnte, was Peter damit sagen wollte, und fragte nur: »Wann fährst du?«

»Kurz nach sieben.«

»Kann ich mitkommen?«, fragte Sven über den Kopf einer älteren Dame hinweg, die die Liege zwischen ihnen innehatte, und Peter antwortete: »Heute Abend nicht. Ich weiß nicht, was mich dort erwartet.«

»Du meinst, es kann gefährlich werden – und überhaupt, was heißt das eigentlich, heute Abend nicht?«, fragte Annika misstrauisch.

»Ich habe Sven versprochen, dass er mitermitteln darf …«, begann Peter, und Annika warf ihrem Mann zuerst einen wütenden Blick zu, bevor sie einzulenken schien und resignierend sagte: »Ich hätte es mir ja denken können, dass es da einen Deal zwischen euch gibt. Sven hat nicht umsonst so überraschend zugestimmt mitzukommen.«

Aber auch Sven war nicht so ganz zufrieden mit Peters Antwort, denn er maulte: »Wenn ich das gewusst hätte, wäre ich zu Hause geblieben.«

»Deine Mutter hat recht, Sven, es könnte gefährlich werden. Zumal ich nicht, wie zu Hause, bewaffnet bin.«

Kaum hatte Peter diesen Satz ausgesprochen, fuhr die ältere Dame erschrocken zu ihm herum und starrte ihn ängstlich an. Man sah ihr direkt an, dass sie nicht recht wusste, wie sie Peter einschätzen sollte.

»Meine Dame, ich bin Privatdetektiv und beruflich auf der Insel unterwegs«, sagte er und angelte eine seiner Karten aus der geräumigen Strandtasche.

Sie studierte die Visitenkarte mit der goldenen Schrift eingehend, und als sie fertig war, sagte sie: »Ach, Sie sind das?«

»Wieso?«

»Ich wohne in Bad Soden, Ihre Detektei ist mir selbstverständlich ein Begriff. Ich habe schon so einiges von Ihnen und Ihren Partnern in der Presse gelesen. Alle Achtung. Wie Sie das mit den …«

»Dann möchte ich Sie bitten, dieses Gespräch vertraulich

zu behandeln«, unterbrach Peter die Frau schnell, weniger weil er fürchtete aufzufallen, sondern weil diese schwatzhafte Alte eindeutig zu viel für seine Nerven war.

Nachdem Peter und Stefan ihre Mietwagen übernommen hatten, blieben ihnen noch zwei vergnügliche Stunden am Pool, und während die anderen sich fein fürs Abendessen im Speisesaal machten, zog Peter sich bequeme und vor allem dunkle Kleidung an, damit er im Dämmerlicht schwerer zu erkennen war. Insgeheim war er, zumindest teilweise, davon überzeugt, dass Hernandez maßlos übertrieb, aber man konnte ja nie wissen. Schließlich war der Kommissar kein Idiot, wie er ihm dreißig Jahre zuvor[1] schon einmal bewiesen hatte.

Nachdem Peter mit den anderen in den Speisesaal gegangen war, dort schnell eine Suppe gegessen und Sven maulend am Tisch zurückgelassen hatte, war er mit dem kleinen, unscheinbaren Mietwagen aufgebrochen. Das Einzige, was ihn daran störte, war, dass der Wagen über ein Schaltgetriebe verfügte. Peter bevorzugte, wann immer es ihm möglich war, Autos mit Automatik. Trotzdem hatten die beiden sich schnell aneinander gewöhnt, und als er den Wagen um zwanzig nach neun unweit von La Seu einparkte, war die Sonne gerade untergegangen.

In den kleinen Gassen rund um die Kathedrale senkte sich die Dunkelheit schnell herab, und auf der kleinen Plaça direkt hinter dem Gotteshaus war es schon reichlich dämmrig. Dennoch musste Peter fast bis zehn Uhr warten, bis ihm aus der Gasse Carrer del Deganat eine Stimme zurief: »Peter, hier bin ich.«

---

1 Vgl. die Taunus-Ermittler Band 1 – Steinige Wege

Peter fuhr herum, erkannte Hernandez, der sich kaum verändert zu haben schien, und ging auf ihn zu.

»Alles ruhig, meine Bewacher habe ich abgeschüttelt«, sagte Juan säuerlich grinsend, »folge mir.«

»Wohin?«

»Dorthin, wo uns niemand vermutet. Keine hundert Meter von hier gibt es eine Wohnung der Polizeibehörden der Insel, in der manchmal Leute mit Personenschutz untergebracht werden.«

»Und die ist wirklich sicher? Du vermutest schließlich irgendeinen deiner Kollegen hinter der Sache.«

»Guter Einwand, aber niemand weiß, dass ich schon seit geraumer Zeit einen Zweitschlüssel für die Wohnung habe. Und wenn man nichts von unserem Treffen weiß, gibt es keinen plausiblen Grund, mich dort zu suchen.«

»Okay«, sagte Peter gerade, da waren sie an dem alten, unscheinbaren Haus in der Carrer de Sant Roc auch schon angekommen. Hernandez schloss das Eingangsportal auf, und sie stiegen die knarrende Holztreppe in den ersten Stock hinauf. Dort angekommen, machten sie kein Licht, nahmen nur zwei Stühle aus der Küche und gingen damit ins Bad.

Als Hernandez die Tür hinter ihnen geschlossen und den Lichtschalter gedrückt hatte, meinte Peter: »Auf der einen Seite bist du übervorsichtig, andererseits so sorglos. Ist es denn nicht zu riskant, dass jemand den Lichtschein sieht?«

»Keine Angst, das Badezimmerfenster ist aus Spezialglas. Es lässt zwar Licht herein, aber nicht hinaus.«

»Donnerwetter, aber ist …«

»Ich weiß, was du sagen willst. Nein, ich schieße nicht mit Kanonen auf Spatzen, wie ihr in Deutschland so schön sagt.«

Dann erzählte Hernandez alles, was geschehen war, noch einmal haarklein, Peter stellte ihm einige kluge Fragen zu seinem Umfeld, und als sein alter Bekannter geendet hatte, sagte er: »Stimmt schon, da will dich jemand auf jeden Fall weghaben. Hat das einen besonderen Grund?«

»Ich kann mir nur vorstellen, dass es etwas mit der Sonderkommission für Mallorca zu tun hat, die auf eine Initiative des Innenministeriums gegründet wurde. Sie ist meiner Abteilung unterstellt und würde unter anderen Umständen nun von mir geleitet. Man hatte mich dafür ausgewählt, weil ich die fundiertesten Kenntnisse über die kriminellen Strukturen der Insel habe.«

»Okay, fangen wir an. Woher hat die Polizei die Meldung bekommen, dass du dich mit einem Kriminellen getroffen und Geld empfangen haben sollst?«

»Das ist auch so ein Ding. Angeblich hat ein Polizist aus Manacor bei der Polizei in Palma angerufen, dort habe jemand Anzeige gegen mich erstattet.«

»Anonym?«

»Nein, auch das ist sonderbar. Der Mann, der mich angezeigt haben soll, war dort angeblich persönlich beim örtlichen Polizeiposten.«

»Dann müssten wir zumindest feststellen können, wer es war.«

»Das ist das nächste Mysterium. Ich weiß, wer es gewesen sein soll, kann mir aber ganz und gar nicht vorstellen, dass ausgerechnet diese Person eine derartige Falschmeldung über mich verbreiten würde.«

»Wer ist es?«

»Er ist eigentlich mein bester Informant, dem ich schon so viele Festnahmen der letzten Jahre verdanke – Jose Banderas, ein kleiner Ganove mit Herz. Er kennt alle und jeden auf der Insel. Seine Devise ist, keine Banden, keine Gewalt, kein Rauschgift, und die Touristen lässt er in der Regel auch in Ruhe. Er sagt immer, wir brauchen sie, sonst sind wir eines Tages wieder arm, wie wir es früher einmal waren. Aber die reichen Residenten mit ihren protzigen Luxusvillen, die mag er nicht.«

»In der Tat, ein fast schon sympathischer Ganove. Wir sollten mit ihm reden.«

»Ist schon angeleiert. Wir treffen ihn morgen am späten Abend um elf Uhr bei den Höhlen von Arta. Ich überlege schon die ganze Zeit, wen wir uns zum Ermitteln sonst noch heranziehen könnten.«

»Mein Kompagnon und Freund Stefan Weimershaus ist auch hier. Er macht mit seiner Familie Urlaub in Cala Millor; außerdem mein Stiefsohn Sven. Ihn musste ich damit ködern, dass er mitermitteln darf.«

»Okay, das ist ja alles schön und gut, gewisse Recherchen könnten sie uns abnehmen, das fällt dann nicht so auf. Aber ich hatte das anders gemeint. Jemand von hier, dem wir bedingungslos vertrauen können.«

»Ich wüsste da jemanden, vorausgesetzt, er existiert überhaupt noch.«

»Wer?«

»Ich weiß nicht mal mehr, wie er heißt, das letzte Mal von ihm gehört habe ich damals Ende der Achtziger. Ein Journalist, Deutschspanier, arbeitete für ein deutschsprachiges Magazin auf Mallorca. Wir sind ihm begegnet ...«

»Ich weiß, wen du meinst. Her... Hermann Ferreira. Ich bin ein Trottel, dass ich da nicht selbst draufgekommen bin. Da siehst du mal, wie konfus ich inzwischen schon bin. Klar gibt's den noch. Nur arbeitet er jetzt beim Fernsehen, deshalb hab ich nicht mehr viel mit ihm zu tun. Aber du hast recht, er hat wirklich Ahnung. Er kennt die Insel wie kaum ein Zweiter. Das Letzte, was ich von ihm gehört habe, er soll mit seiner Familie jetzt in Port de Sóller leben. Würdest du mit ihm Kontakt aufnehmen? Wenn ich das mache, fällt es auf.«

»Klar, so hatte ich es vor. Hast du seine Telefonnummer?«

»Im Moment nicht dabei, aber verfügbar. Ich suche sie dir raus und rufe dich spätestens morgen früh an.«

»Mach das. Vielleicht kann ich ihn noch morgen im Laufe des Tages treffen, bevor wir am Abend deinen Informanten sprechen.«

»Okay. Es hat gutgetan, mit dir zu reden, ich fühle mich schon viel besser«, sagte Juan Hernandez, als sie sich im Treppenhaus verabschiedeten, und Peter dachte: *Lügner,* denn Juan war immer noch kreidebleich und sah wie ein Häufchen Elend aus.

3.

Am nächsten Morgen war Peter früh auf den Beinen. Es war noch nicht einmal ganz sieben Uhr, da saß er schon am Schreibtisch in ihrem Hotelzimmer und begann eine Liste zusammenzustellen, wer dicht genug an Juan dran wäre, um denjenigen, der etwas gegen ihn hatte, mit Informationen zu versorgen.

Plötzlich hatte er eine Idee. Er stand auf und ging in den Hotelflur bis zu Svens Zimmer. Er klopfte leise an, und als Sven ihn hereinbat, fragte er: »Willst du mir helfen, das, was ich gestern erfahren habe, auszuwerten?«

Sven war überrascht, dass Peter ihn doch ernst zu nehmen schien. Insgeheim hatte er damit gerechnet, dass seine Mithilfe, kaum dass sie hier auf Mallorca waren, nicht mehr gefragt war.

»Klar doch, was kann ich tun?«

»Mir helfen, eine Liste zusammenzustellen, wen wir im Umfeld von Juan genauer durchleuchten müssen. Ich habe das Gespräch mit ihm gestern Abend mitgeschnitten, ihm das allerdings nicht gesagt.«

»Warum?«

»Es war so ein Gefühl, keine Ahnung, warum. Wahrscheinlich habe ich mich einfach nur zu sehr von Juans Paranoia anstecken lassen. Lass uns den Mitschnitt hier im Zimmer gemeinsam auswerten. Wenn ich drüben das

Diktiergerät abhöre, und Annika wacht davon auf, … na ja, du weißt schon.«

»Klar«, sagte Sven grinsend. Als sie gegen halb neun fertig waren, umfasste ihre Liste achtundzwanzig Namen.

»Meine Güte, da haben wir aber viel zu tun, wenn wir die alle überprüfen wollen.«

»Es hat niemand gesagt, dass der Detektivberuf was für Faulenzer ist. Bist du sicher, dass wir alle Personen auf der Liste haben?«

»Eine wüsste ich noch«, sagte Sven unsicher, »aber ich bin nicht sicher.«

»Wen?«

»Sagtest du nicht, Juans Frau sei um einige Jahre jünger als er?«

»Und attraktiv dazu. Ich weiß, was du meinst. Es könnte sich jemand an sie herangemacht haben. Juan selbst hat schon angedeutet, dass er anfängt, ihr zu misstrauen. Ich habe ihn eingehend dazu befragt. Wenn man es objektiv betrachtet, gibt es keinen Beweis, ja nicht einmal einen Beleg dafür, dass da etwas dran sein könnte. Trotzdem hast du recht, sie muss mit auf die Liste.«

Gerade als Peter sagen wollte: *Du hast das Zeug dazu, ein guter Detektiv zu werden,* klopfte es an der Zimmertür. Sven öffnete, und Annika trat ein.

»Hätt ich mir ja denken können, dass du hier herumhängst. Meinst du nicht, wir sollten langsam frühstücken gehen?«

»Ja«, sagte Peter schuldbewusst, denn es war inzwischen neun Uhr durch, und mit einem guten Platz am Pool würde es wohl auch an diesem Tag nichts mehr werden. »Aber ich wollte erst noch den Anruf von Juan abwarten.«

Der kam, gerade als Peter in sein zweites Brötchen biss.

»Tut mir leid, dass es etwas später geworden ist, aber ich musste die Telefonnummer erst suchen. Ich wusste, dass ich sie irgendwo notiert habe. Seit Hermann Ferreira mit seinen Fernsehreportagen einigen Leuten auf der Insel kräftig auf die Zehen gestiegen ist, steht er nicht mehr in den Telefonbüchern. Ihn per Mail zu kontaktieren, halte ich im Moment für zu riskant.«

»Seh ich auch so«, sagte Peter. »Gib mir die Nummer, wir sehen uns dann heute Abend um zehn.«

Nachdem er sich die Nummer notiert hatte, beendete er das Gespräch und kurz darauf das Frühstück. Er ging hinaus ins Hotelfoyer, ließ sich in einer ruhigen Ecke auf einer Couch nieder und rief die Nummer an, die Hernandez ihm gegeben hatte.

Als Herman Ferreira sich gemeldet hatte, stellte Peter sich vor und fragte: »Können Sie sich noch an mich erinnern?«

»Klar doch. Wer könnte das vergessen, wie Sie vor dreißig Jahren hier die Insel aufgemischt haben. Machen Sie Urlaub hier?«

»Das auch, aber ich wollte mit Ihnen über einen gemeinsamen Bekannten sprechen.«

»Verstehe«, sagte Ferreira knapp, und sein munterer Plauderton wechselte mit einem Mal die Klangfarbe. »Dürfte ich Sie in zwanzig Minuten zurückrufen? Ihre Nummer habe ich im Display.«

»Okay«, sagte Peter und vermutete, dass Ferreira bereits eine Ahnung hatte, worum es ging.

Kaum hatte er aufgelegt, da kam Annika aus dem Speisesaal ins Foyer gestürzt und fragte ungehalten: »Kommst du mit an den Pool, oder musst du gleich wieder weg?«

»Ich warte noch auf einen Anruf, dann komme ich. Aber

heute Abend musst du mit der Gesellschaft der anderen vorliebnehmen, da habe ich etwas vor.«

»Hätte ich mir ja denken können, dass das alles andere als ein normaler Urlaub wird«, meinte Annika resignierend und verschwand mit Sven im Schlepptau, der Peter verschwörerisch angrinste, in Richtung Pool.

Es dauerte nicht einmal zwanzig Minuten, bis Hermann Ferreira zurückrief. »So, jetzt können wir ungestört reden«, sagte er. »Sie melden sich wegen der Schwierigkeiten, in denen Juan Hernandez steckt?«

»Genau. Wie kommen Sie darauf?«

»Auch wenn ich mit ihm kaum noch Kontakt habe, schätze ich ihn doch als integren Kriminalbeamten und habe den Rummel um seine Person mitverfolgt, seit er diese Sonderkommission leiten soll. Ich weiß auch, dass Sie in der Vergangenheit hin und wieder mit ihm zusammengearbeitet haben. Sind Sie hier, um ihm zu helfen?«

»Äh, ja …«

»Keine Sorge, wir können ungestört sprechen. Dieses Telefon hier wird ganz gewiss nicht abgehört. Ich musste erst ein sicheres Plätzchen aufsuchen, deshalb wollte ich ja zurückrufen.«

»Sind Sie ganz sicher?«

»Ja, ich spreche aus einem Kloster oberhalb von Port de Sóller. Ich habe vor drei Jahren den Padres hier geholfen, Grundstücksspekulanten von ihrem Land wegzuhalten, seitdem habe ich bei denen einen Stein im Brett. Immer wenn ich ungestört telefonieren muss, kann ich das von hier aus tun.«

»Können wir uns treffen?«, fragte Peter rundheraus.

»Auf jeden Fall. Sind Sie mit Ihrer Familie hier?«

»Ja, wieso?«

»Dann kommen Sie alle zusammen heute Nachmittag zu uns zum Kaffee. Das fällt am wenigsten auf. Also bis um vier Uhr, okay?«

Peter sagte zu und legte auf. Dann ging er hinaus zu den anderen an den Pool und überlegte, wie er Annika die Verabredung für den Nachmittag schmackhaft machen könnte.

Er war noch nicht ganz bei ihren Liegestühlen angekommen, da raunzte Annika ihm schon zu: »Schön, dass du auch noch mal kommst. Oder musst du gleich wieder weg?«

»Nicht ich, wir, und nicht gleich, erst heute Nachmittag. Wir sind bei Hermann Ferreiras Familie in Port de Sóller zum Kaffee eingeladen.«

Zuerst legte sich ihre Stirn in Falten, doch dann entspannten sich Annikas Züge, und sie murmelte etwas, das wie »wenigstens gemeinsam« klang, bevor sie laut »Okay« sagte.

Da sie dieses Mal direkt nebeneinander Platz gefunden hatten, fragte Stefan: »Sollen wir auch mitkommen?«

»Nein, erst einmal nicht. Es ist besser, unsere Gegner wissen vorerst nicht, dass wir zusammengehören.«

»Unsere Gegner? Steckt da wirklich mehr dahinter als die Hysterie eines alternden Kriminalbeamten?«

»Scheint so. Zumindest nimmt Ferreira die Sache ernst.«

»Muss ich auch mit?«, fragte Sven und sah sehnsüchtig zu dem athletisch gebauten jungen Mann hinüber, der mit einem kühnen Sprung in den Pool hechtete.

»Wär schon nicht schlecht, denn ich bin auf deine Hilfe angewiesen«, sagte Peter so ernst, dass Sven ihn kurz ungläubig anstarrte und dann sagte: »Okay, dann lass uns fahren. Wann geht's los?«

»Um halb drei, wir müssen schließlich die ganze Insel überqueren.«

Um zwanzig Minuten vor vier parkte Peter vor dem älteren Einfamilienhaus am südlichen Rand der Altstadt von Port de Sóller ein. Er, Annika und Sven stiegen aus dem Mietwagen und gingen zum Hoftor, wo Hermann Ferreira sie bereits erwartete. Peter hätte den stattlichen Mittsechziger beinahe nicht erkannt, so sehr hatte sich der schmale Hänfling von damals verändert.

Noch bevor Peter irgendetwas sagen konnte, meinte Hermann: »Zuerst einmal wollte ich euch das Du anbieten. Ist das okay?«

»Klar«, sagte Peter, dann stellte er Annika und Sven vor.

»Meine Frau Isabel und mein Sohn Marco erwarten euch schon. Lasst uns reingehen.«

Kaum waren sie durch die Haustür getreten, empfing sie die angenehme Kühle eines gut isolierten mediterranen Hauses, und die geschmackvolle Einrichtung zeugte davon, wie sehr die Ferreiras ein gemütliches Heim schätzten. Der Hausherr führte sie in den Wohnbereich, wo sie von Frau und Sohn erwartet wurden. Nicht nur Peter und Hermann, auch Isabel und Annika waren sich vom ersten Augenblick an sympathisch. Sven und der etwa zwanzigjährige Marco aber sahen sich nur für den Bruchteil einer Sekunde tief in die Augen, und man konnte die Funken förmlich sprühen sehen.

Peter fiel das sofort auf, und ein Blick zu Annika hinüber sagte ihm, dass auch ihr die offensichtliche Anziehung zwischen den beiden nicht verborgen geblieben war.

Umso erstaunlicher fand er es, dass sie Isabel Ferreira bereitwillig in die Küche folgte, als die sie bat, ihr beim

Auftragen des Kaffeegeschirrs zu helfen. Obwohl Peters Gehör nicht mehr das war, was es einmal gewesen war, versuchte er etwas davon zu erhaschen, was in der Küche gesprochen wurde. Aber viel mehr, als dass es um Marco und Sven ging, war nicht zu verstehen.

Deshalb fragte Peter: »Hermann, könnten Sie ... äh, könntest du versuchen, so viel wie möglich über die Leute auf meiner Liste in Erfahrung zu bringen?«

»Alles Leute aus Juan Hernandez' Umfeld?«

»Genau, irgendjemand muss ihn ausspähen.«

»Klar mache ich das, gib mir die Liste, und ich befrage alle Archive, alle Verzeichnisse und auch einige Kanäle, die du besser nicht so genau kennst. Ich geb dir Bescheid.«

Unterdessen war Sven mit Marco in dessen Zimmer verschwunden, und beiden war auch ohne Worte längst klar, dass dies mehr als ein Urlaubsflirt werden könnte. Außerdem waren beide sehr an dem Fall interessiert. Auch dass sie beide bei der Aufklärung mitmischen würden, brauchte nicht extra ausgesprochen zu werden.

»Dass ich auch eines Tages Detektiv werde wie Peter, ist für mich seit Jahren klar«, sagte Sven, »aber warum bist du daran so interessiert?«

»Zum einen natürlich wegen dir«, sagte Marco, der hervorragend deutsch sprach, »aber auch, weil ich Journalist werden möchte.«

»Das verstehe ich jetzt nicht ganz.«

»Na ja, ich möchte mich, ganz wie mein Vater, dem investigativen Journalismus verschreiben.«

»Aha, also auch eine Art Detektiv«, sagte Sven grinsend und fühlte sich so wohl wie schon seit Wochen nicht mehr.

Dann erzählte er von der Verabredung mit dem Informanten, die Peter und Juan Hernandez für den späteren Abend getroffen hatten, und schloss mit den Worten: »Ich wäre gern dabei gewesen, aber Peter sorgt sich um meine Sicherheit. Ich finde, er übertreibt.«

»Vielleicht nicht«, sagte Marco zu Svens Überraschung, »aber das heißt ja nicht, dass wir beide nicht doch dort sein könnten. Hast du einen Mietwagen?«

»Nein, den hätten sie mir wohl kaum gegeben, ich werde im Oktober erst achtzehn.«

»So jung …«, sagte Marco und hätte offenbar beinahe ein *noch* angehängt, verschluckte das Ende des Satzes aber und fragte stattdessen: »Im Oktober, wann?«

»Am fünfzehnten.«

»Das ist ein Ding«, sagte Marco ehrlich überrascht, »ich habe am sechzehnten Geburtstag. Da werde ich einundzwanzig. Ich habe übrigens einen Wagen. Ich hol dich um neun ab, wir postieren uns an der Straße, und wenn Hernandez und dein Vater losfahren, folgen wir ihnen.«

»Prima Idee. Peter ist übrigens mein Stiefvater.«

»Entschuldigung.«

»Macht nichts, ich vergesse es selbst oft fast. Ich kann mich ja kaum noch an meinen leiblichen Vater erinnern. Er wurde ermordet, als ich neun war[2]. Meine Mutter wurde daraufhin verhaftet, Peter fand den wahren Mörder und holte sie somit aus dem Gefängnis. Das werde ich ihm nie vergessen.«

Danach unterhielten sich die beiden noch eine ganze Weile über alles Mögliche und stellten fest, dass sie nicht nur die gleiche Musik gut fanden, sondern auch in vielen anderen Bereichen ähnlich tickten.

---

2   Vgl. Die Taunus-Ermittler Band 3 – Endstation Linie 3

Sie hatten sich so angeregt und intensiv unterhalten, dass sie kaum gemerkt hatten, wie die Zeit vergangen war, und als es plötzlich an Marcos Zimmertür klopfte, fuhren sie von der Couch hoch, wo sie die letzte halbe Stunde dicht beisammengesessen hatten.

Peter streckte den Kopf zur Tür herein und fragte: »Kommst du mit? Es ist schon halb sieben. Wenn wir jetzt nicht fahren, bekommen wir im Hotel nichts mehr zu essen.«

»Okay, ich komme gleich«, sagte Sven und drehte sich zu Marco um. Der meinte: »Okay, dann wie verabredet«, und Sven verließ den Raum.

Nach dem Abendessen saßen die Stettners noch mit Stefan und Verena in der Hotelbar. Die Zwillinge waren derweil auf dem Zimmer und sahen fern, was sie um diese Zeit nur im Urlaub durften.

Peter informierte Stefan darüber, was er bei Hermann Ferreira erreicht hatte, und als Stefan fragte, ob er zu dem Treffen am späten Abend bei den Höhlen von Arta mitkommen solle, sagte Peter: »Das geht leider nicht. Dieser Informant ist, sagen wir mal, etwas lichtscheu. Juan hat schon mit Engelszungen auf ihn einreden müssen, dass ich dabei sein darf. Erst als er ihm versicherte, dass ich nicht hier von der Insel komme, war er nach langem Zögern doch noch bereit zu reden. Ich möchte ihn jetzt nicht damit überfordern, dass wir gleich in Kompaniestärke dort auftauchen.«

»Wie klappt es denn mit der Verständigung? Du sprichst ja weder Mallorquinisch noch Katalanisch, ja noch nicht mal Spanisch.«

»Danke schön auch – aber der Mann spricht gebrochen Deutsch wie fast alle hier, und wo es hakt, übersetzt Juan.«

»Na gut, okay«, fügte sich Stefan, dem es gar nicht passte, dass er erst einmal nicht mitmischen konnte, in sein Schicksal.

Wenig später sagte Sven, der den ganzen Abend über schon demonstrativ gegähnt hatte: »Ich bin müde, ich geh zu Bett«, und verschwand in Richtung Aufzug.

Nur wenige Augenblicke später fuhr auch Peter nach oben, um sich für seinen Ausflug, wie er es nannte, fertig zu machen.

Als Annika ins Zimmer kam – sie hatte mit Stefan und Verena noch eine ganze Weile in der Hotelbar gesessen –, war Peter schon fort.

»Geht das am Ende jetzt jeden Tag so weiter?«, fragte Annika laut in den Raum hinein, als könnte er ihr diese Frage beantworten, aber dann setzte sie sich doch in den Sessel und wollte den Fernseher einschalten. Noch bevor sie die Fernbedienung in der Hand hatte, sprang sie jedoch wieder auf, denn ihr war gerade ein erschreckender Gedanke gekommen.

Sie verließ ihr Hotelzimmer und ging zu Svens hinüber. Sie lauschte an der Tür, und als sie den Fernseher hörte, wo gerade der Vorspann zu Svens Lieblingskrimiserie lief, ging sie einigermaßen beruhigt zurück. »Wenigstens hat Peter dich nicht mitgenommen«, murmelte sie.

Sie setzte sich wieder in den Sessel und dachte eine Weile darüber nach, was ihre Rückkehr auf die Insel nach all den Jahren in ihr ausgelöst hatte. Schließlich hatte sie viele Jahre hier gelebt. Zu ihrer eigenen Überraschung stellte sie fest, dass es sich ein bisschen wie Heimkommen anfühlte.

Während Peter sich umzog, war Sven aus dem Hotel geschlüpft und wäre seinem Stiefvater beinahe auf dem Hotelflur begegnet. Im letzten Moment hatte er sich in einer Nische verbergen können. Während er nach unten fuhr, ließ er in Gedanken noch einmal die Vorkehrungen, die er getroffen hatte, Revue passieren. Zuerst hatte er den Fernseher auf das Programm gestellt, in dem an diesem Abend seine Lieblingsserie lief, und den Ton gerade so laut gedreht, dass man ihn vor der Tür hören konnte, ohne dass andere Gäste gestört würden. Um noch weniger aufzufallen, hatte er noch eine Schaltuhr dazwischengeschaltet, die den Fernseher um halb zwölf abstellen würde. Dieses und noch einige andere Utensilien aus Peters Materialschrank hatte er vorsorglich von zu Hause mitgenommen.

Schnellen Schrittes ging er die etwa einhundertfünfzig Meter bis zu dem großen Parkplatz am Ende der Straße, wo auch Peters Wagen stand. Er war noch nicht ganz angekommen, da blitzten kurz die Scheinwerfer eines älteren Cabrios auf, und Sven erkannte Marco.

Er stieg ein, und Marco fragte sofort: »Weißt du, ob dein Vater von Kommissar Hernandez abgeholt wird oder selbst fährt?«

»Keine Ahnung. Ich wollte nicht zu neugierig erscheinen. Ich weiß nur, dass Hernandez einen alten Geländewagen fährt, den er aus Polizeibeständen übernommen hat. – Aber mal was anderes, das ist vielleicht eine Begrüßung.«

»'tschuldige«, sagte Marco zerknirscht und strich Sven zärtlich über die linke Wange. »Ist es besser so?«

Bevor Sven etwas antworten konnte, sagte Marco, der den Wagen geschickt so geparkt hatte, dass sie Peters Mietwagen und den hell erleuchteten Hoteleingang im Auge hatten: »Da fährt gerade ein Geländewagen vor«, und Sven ergänzte: »Peter kommt gerade aus dem Eingang.«

»Also los, weißt du, wo sie sich treffen wollen?«

»Ja. Sie wollen auf dem Parkplatz den Wagen abstellen und dann zu den Höhlen laufen, unterwegs wird der Mann sich zu erkennen geben.«

»So ähnlich hab ich mir das gedacht.«

»Kennst du dich dort aus?«

»Klar. So groß ist die Insel nun auch wieder nicht, dass man, wenn man hier geboren ist …«

»Ich bin auch auf Mallorca geboren.«

»Stimmt. Aber ich hab immer hier gelebt.«

»Eins zu null für dich. Aber jetzt sollten wir los, sonst ist das Treffen um, bis wir ankommen.«

Damit lag Sven nur zu richtig, denn in dem Augenblick bog Hernandez' Jeep mit aberwitziger Geschwindigkeit in die Carrer de Fetget ein und schoss an der äußersten Ecke des Parkplatzes vorbei.

Marco startete seinen Wagen und fuhr ebenfalls los. Während sie durch den späten mediterranen Abend brausten und bei offenem Verdeck den fast schon warmen Fahrtwind genossen, packte Sven plötzlich den Inhalt einer geräumigen Umhängetasche aus und hielt den Inhalt Marco entgegen.

»Weißt du, was das ist?«

»Klar, ein Richtmikrofon. Wo hast du das her?«

»Ich hab zu Hause Peters Werkzeugkammer geplündert, da war noch so einiges andere drin.«

»Du bist schon eine irre Type«, sagte Marco grinsend und hätte beinahe die Abzweigung von der Hauptstraße nach Cala Ratjada zu den Höhlen hinunter verpasst. Nachdem er es nur durch eine Vollbremsung geschafft hatte, nicht an der schmalen Straße vorbeizufahren, meinte er: »Das ist gut. Dann können wir auch etwas weiter entfernt parken und bekommen trotzdem alles mit, ohne gleich aufzufallen.«

Peter und Juan waren inzwischen auf dem Parkplatz bei den Höhlen angekommen und aus Juans inzwischen recht altersschwachem Jeep geklettert.

»Ganz schön einsam hier«, meinte Peter, und man sah Juan im fahlen Licht des Sichelmondes über ihnen grinsen.

Die beiden gingen schweigend vom Parkplatz auf die Straße und weiter in Richtung Höhleneingang. Die vielleicht zweihundertfünfzig Meter verliefen dicht an der Abbruchkante der an dieser Stelle nicht allzu hohen Steilküste entlang. Sie hatten noch nicht einmal die Hälfte des Weges zurückgelegt, da sahen sie ihn. Juans Informant saß am Straßenrand auf dem Begrenzungsmäuerchen und hob die Hand zum Gruß. Gleich darauf zerriss sein gellender Schrei die Stille der Nacht, und nicht einmal eine Sekunde später kippte der Mann nach hinten weg den Abhang hinunter. Peter und Juan spurteten los, stiegen über die Begrenzungsmauer und den wenige Meter neben der Absturzstelle nicht ganz so steilen Hang hinunter. Peter zog eine leistungsstarke Taschenlampe aus der Jackentasche und richtete sie auf den Mann.

Juans Informant lag auf dem Bauch im Wasser, und Blut sickerte unter seinem Körper hervor. Die beiden drehten ihn um und sahen sofort, dass jede Hilfe zu spät kam. Ein Messer steckte in seiner Brust, und durch den Sturz in die Tiefe war es bis zum Heft in seinen Körper eingedrungen. Er musste auf der Stelle tot gewesen sein.

Peter und Juan standen einige Sekunden lang wie versteinert da, bemerkten erst jetzt, dass sie ohne Rücksicht auf ihre Kleidung bis zu den Knöcheln im Wasser standen.

»Das war eine Falle, los, machen wir, dass wir hier wegkommen.« Juan hatte kaum ausgesprochen, da gingen oben an der Straße leistungsstarke Scheinwerfer an. In ihr Licht traten vier Polizisten und richteten ihre Waffen auf die beiden. Dann trat ein fünfter hinzu, und Juan erkannte in ihm seinen bisherigen Assistenten.

Der schien echt verwundert zu sein. »Juan, Sie? Das hätte ich nicht für möglich gehalten. Los, kommen Sie rauf. Und wer ist dieser Mann, den Sie dabeihaben?«

»Das ist Peter Stettner, ein Privatdetektiv aus Deutschland«, sagte Juan, während sie den Abhang hinaufkletterten.

Als sie oben angekommen waren, sagte der Kriminalbeamte zu ihnen: »Juan Hernandez, Sie sind vorläufig festgenommen. Sie werden beschuldigt, Herrn Jose Banderas ermordet zu haben, weil der Sie als Verbrecher hätte enttarnen können.«

Dann wandte er sich zu Peter und sagte in erstaunlich gutem Deutsch: »Sie, Herr Stettner, sind ebenfalls festgenommen, denn Sie werden der Beihilfe zum Mord an diesem Herrn beschuldigt.«

Noch bevor Peter irgendetwas dazu sagen konnte, rasteten die Handschellen um seine Handgelenke ein.

Marco und Sven hatten etwa hundert Meter vom Geschehen entfernt dicht bei ihrem Wagen Position bezogen und den ganzen Vorfall beobachtet. Als ihnen klar wurde, dass Juan Hernandez und mit ihm Peter Stettner in eine Falle gelockt worden waren, packten sie das Richtmikrofon sofort wieder ein, setzten sich in Marcos Wagen, schlossen vorsichtig das Verdeck und verhielten sich ruhig.

Dennoch schien einer der anwesenden Polizisten die beiden bereits entdeckt zu haben, denn er sprach kurz mit seinem Vorgesetzten und kam dann vorsichtig und mit gezogener Pistole auf den Wagen zu.

»Küss mich«, sagte Marco schnell, und als der Polizist mit einer starken Taschenlampe in den Wagen leuchtete, fuhren die beiden erschrocken auseinander.

Sofort legte sich ein breites Grinsen auf das Gesicht des Beamten, und er drehte sich zu seinem Vorgesetzten um, der inzwischen auch herbeikam.

»Ein schwules Pärchen, das hier draußen die Einsamkeit gesucht hat. Das haben wir ihnen wohl gründlich verdorben.«

Dazu lachte er hämisch, und man spürte förmlich, dass er für die beiden nur Verachtung übrighatte.

Sven wollte fragen, was geschehen sei, doch der Vorgesetzte schnitt ihm bereits im Ansatz das Wort ab: »Sie stören hier eine Polizeiaktion. Machen Sie, dass Sie fortkommen, sonst lasse ich Sie auch verhaften.«

4.

Sven pochte so laut an die Zimmertür, als wollte er sie einschlagen, worauf Stefan im Pyjama und mit Zahnbürste im Mund ärgerlich öffnete. Aber als er in Svens Gesicht sah, wusste er sofort, dass etwas Schlimmes geschehen sein musste.

Ohne darauf zu warten, aufgefordert zu werden, umriss Sven – den Marco gerade zum Hotel zurückgebracht hatte; für den nächsten Tag waren sie schon verabredetet – kurz, was geschehen war. Als er bei Juans und Peters Verhaftung angekommen war, sagte Stefan: »Oh, Scheiße. Ich muss morgen früh als Erstes mit Burkhard telefonieren.«

Dann gingen die beiden zusammen zu Annika hinüber, die, als es klopfte, nichts Böses ahnend rief: »Peter, hast du mal wieder deine Schlüsselkarte vergessen?«

»Nein, mach bitte auf, es ist dringend«, sagte Stefan, und als Annika öffnete, sah man ihr augenblicklich an, dass sie eine unangenehme Nachricht erwartete.

»In welcher Klinik ist Peter?«, fragte sie.

»In Palma, aber er ist im Gefängnis.«

Annika registrierte gar nicht, was Stefan gesagt hatte, und fragte ängstlich: »Ist er sehr schwer verletzt? Was ist geschehen?«

Stefan, der es vorzog, Svens Verwicklung in die ganze Affäre erst einmal nicht näher zu erwähnen, sagte: »Nein, weder Peter noch Juan Hernandez sind verletzt, die beiden wurden unter Mordverdacht verhaftet.«

»Wieso das?«, fragte Annika, zu der erst jetzt durchdrang, dass Peter nicht, wie sie zuerst vermutet hatte, bei einer Auseinandersetzung mit Gangstern Schaden genommen hatte.

Stefan erklärte ihr, was geschehen war, und schloss mit dem Satz: »Ich werde gleich morgen früh Burkhard verständigen.«

»Meinst du, das ist notwendig? Wird man den Irrtum nicht schnell bemerken?«

»Ich fürchte nein. Nach allem, was S…, ähm mir zugetragen worden ist, sind die Indizien erdrückend.«

Glücklicherweise hatte Annika Stefans Beinahe-Versprecher nicht bemerkt, noch hakte sie nach, woher er Bescheid wusste. Ein Fehler, der ihr unter normalen Umständen nie passiert wäre. Stefan und erst recht Sven waren froh darüber, denn noch mehr Verwicklungen konnten sie im Moment nicht gebrauchen.

Während Annika in ihrem Zimmer stumm vor sich hinbrütete und Verena die Zwillinge beruhigte, die über dem ganzen Tohuwabohu aufgewacht waren, begann es in Stefans Hirn zu arbeiten. Er ging noch einmal zu Sven hinüber und ließ sich eine Kopie der Liste mit zu überprüfenden Personen geben. Dann ging er in sein Zimmer zurück und versuchte noch einige Stunden zu schlafen. Es gelang ihm aber genauso wenig wie den anderen.

Als es endlich acht Uhr war, rief er Burkhards Festnetznummer in Schmitten an, erfuhr aber von dessen Frau, dass er bereits in die Kanzlei gefahren war.

In der Kanzlei Dr. Pfannmöller und Partner ging es an diesem Donnerstagmorgen hektisch zu. Donnerstag war ein Tag, den Burkhard früher oft am Gericht verbracht hatte, aber seit seine Tochter Karin mit in die Kanzlei eingestiegen war, hatte das im Regelfall sie übernommen. Der dreiundsechzigjährige Anwalt dachte schmunzelnd daran, wie gut es ihm tat, nicht mehr jeden Fall selbst bearbeiten zu müssen, und wie leicht es ihm gefallen war, das Heft aus der Hand zu geben. Aber es war auch alles so reibungslos mit ihrem Einstieg verlaufen, wie er es sich nie hätte träumen lassen. Selbst seine langjährige Sekretärin war rundherum zufrieden. Patricia Ehlers hatte sich im Vorfeld Sorgen gemacht, dass sie sich mit Burkhards Tochter vielleicht nicht verstehen würde und sie mit sechsundvierzig noch einmal neu anfangen müsste. Doch die Chemie zwischen den beiden Frauen hatte vom ersten Moment an gestimmt. Der frische Schwung, den seine Tochter in die Kanzlei gebracht hatte, tat ihnen allen gut.

Burkhard, der donnerstags sonst neuerdings gern seinen Freizeittag nahm, war an diesem Morgen zufällig in der Kanzlei, weil er seiner Tochter etwas zuarbeiten wollte, die einen spektakulären Strafprozess vorbereitete. Er wunderte sich, dass plötzlich das Telefon auf seinem Schreibtisch zu läuten begann, und als seine Sekretärin ihm einen Anruf von Stefan Weimershaus ankündigte, musste er schmunzeln.

Er ließ sich verbinden und sagte fröhlich: »Hallo, habt ihr schon solche Sehnsucht nach mir, dass ihr selbst aus dem Urlaub hier anruft?«

»Das auch, aber wir brauchen deine Hilfe«, sagte Stefan nur, da war Burkhard, der vorher über einigen Akten gebrütet hatte, hellwach und fragte: »Was ist geschehen?«

Stefan berichtete in knappen Worten, und als er geendet hatte, sagte der erfahrene Anwalt: »Ich buche die nächste Maschine nach Palma. Aber vorher rufe ich noch Javier Lopez an, einen Freund und Kollegen in Barcelona, ob er nicht einen kompetenten Kollegen vor Ort weiß, der Peter und Juan vertreten kann. Erwartet mich am späten Nachmittag im Hotel.«

Als Stefan zu den anderen am Frühstückstisch stieß, sahen ihn fünf Augenpaare erwartungsvoll an, und Alina fragte gleich: »Wo ist denn Onkel Peter?«

»Der muss arbeiten«, sagte Verena, und die Zwillinge fragten, wie oft, nahezu gleichzeitig: »Im Urlaub?«

»Ich muss jetzt auch gleich los«, sagte Stefan, und Anina hakte sofort nach: »Wie, du auch?«

»Ja«, sagte nun Verena, »ich bleibe bei euch, und Annika bestimmt auch. Nicht wahr?«

»Ich hatte eigentlich mitfahren wollen, aber Burkhard kommt sicher her, oder?«

»Ja, am späten Nachmittag wollte er hier am Hotel eintreffen.«

»Dann bleiben wir hier und nehmen ihn in Empfang – wir weisen ihn ein. Sven kann derweil mit den Zwillingen spielen.«

Erst jetzt fiel Annika auf, dass ihr Sohn sich irgendwann in den letzten Minuten still und leise verdrückt hatte.

»Wo ist denn Sven schon wieder hin? Wenn man ihn mal braucht …«

»Er wird mit Marco Ferreira unterwegs sein. Die beiden verstehen sich, wenn ich Peter richtig verstanden habe, ja prima.«

»Wie meinst du das?«, fragte Annika und fuhr zu Stefan herum.

Im selben Moment verließ Sven das Hotel. Er hatte aus seinem Zimmer die große Tasche geholt, deren Inhalt ihm und Marco bestimmt noch gute Dienste erweisen würde.

Schnell lief er zu dem großen Parkplatz am Ende der Straße, und als er Marcos Auto erblickte, beschleunigte er noch seinen Schritt. Die beiden begrüßten sich um einiges leidenschaftlicher, als es Annika lieb gewesen wäre, und verließen Cala Millor auf dem direkten Weg in Richtung Palma.

Unterwegs hielten sie an einem Straßencafé, um zu beratschlagen, wie sie weiter vorgehen wollten. Sie setzten sich auf die Terrasse, und Sven legte die Liste auf den Tisch.

»Wo fangen wir an?«

»Ich wäre für die Polizeistation in Manacor. Dort soll das Mordopfer seine Anzeige gemacht haben.«

»Prima, aber wir können doch nicht …«

»Schon klar«, unterbrach Marco seinen Freund, »wir brauchen eine gute Story. Ich hab da auch schon eine Idee. Dazu müssen wir nach Palma in ein kleines Internetcafé. Schließlich müssen wir ein Foto von meinem Onkel dabeihaben, wenn wir nach ihm fragen.«

»Deinem … ach so. Du bist schon ein schlauer Hund. Aber ich hab auch was.«

»Was denn?«

Sven öffnete die Tasche und zog ein kleines Kästchen hervor. »Weißt du, was das ist?«

»Klar, ein Peilsender.«

»Magnetisch haftend. Hab ich auch bei Peter stibitzt.«

»Sag mal, wie hast du das Ganze am Flughafen durch die Kontrollen gebracht? Heutzutage ist das gar nicht mehr so einfach!«

»Auch mit Peters Hilfe, aber davon weiß er nichts. Er

hat eine Spezialkiste, die Strahlung absorbiert und bei der Durchleuchtung des Gepäcks nicht gesehen wird. Der hat ganz schön geflucht, als er sie nicht fand.«

»Sven, du bist unglaublich,« sagte Marco kopfschüttelnd und fügte grinsend hinzu: »Aber hoffentlich hast du auch an den Empfänger dazu gedacht.«

»Danke, du hältst mich ja für ganz schön doof. Klar habe ich auch den.«

Dazu zog Sven ein weiteres Kästchen, an dem eine rote Kontrollleuchte angebracht war, aus der Tasche. Als er Marcos erschrockenes Gesicht sah, sagte er schnell: »Das ist Peters neuste Errungenschaft. Es braucht keinen eigenen Bildschirm. Dein Navi im Auto funktioniert doch mit GPS, oder?«

»Klar.«

»Dieser Empfänger verbindet sich automatisch mit einem Navi in seiner Nähe. Voraussetzung ist, das Gerät ist nicht weiter als einen Meter von diesem Empfänger entfernt. Er ist selbstklebend und kann am Armaturenbrett befestigt werden.«

»Und wenn ich jetzt kein Navi gehabt hätte?«

»Keine Sorge, für den Fall hätte ich die passende App auf dem Handy gehabt. Aber mit dem größeren Bildschirm ist es bequemer.«

»Donnerwetter. Du verblüffst mich am laufenden Band.«

»Danke. Schließlich möchte ich ja irgendwann mal Peters Detektei übernehmen.«

»Weiß der das?«

»Bis jetzt noch nicht.«

Juan und Peter waren gerade von einer Vernehmung in ihre Zelle im Untersuchungsgefängnis zurückgebracht worden und ziemlich verzweifelt.

»Ich verstehe das nicht«, sagte Peter. »Warum so ein Umstand? Wenn Sie dich …«

»Herzlichen Dank, aber ich verstehe, was du meinst. Wenn die Mafia oder eine ähnliche Unterweltorganisation im Spiel wäre, hätten sie mich vermutlich einfach umgelegt und fertig. Ich denke, wir haben es hier mit Newcomern zu tun.«

»Du meinst, die sind weniger gefährlich?«

»Das wohl kaum. Wenn sie sich in die Enge getrieben fühlen … eher das genaue Gegenteil. Aber sie müssen die Lage hier erst sondieren. Wahrscheinlich fürchten sie im Moment noch zu sehr die Sonderkommission, die unweigerlich gebildet würde, wenn auf der Insel ein hochrangiger Polizist von Gangstern hingerichtet wird. Und die wäre direkt dem Ministerium unterstellt.«

»Aber um was richtig Großes muss es trotzdem gehen. Du scheinst mit deinen Untersuchungen in ein Wespennest gestochen zu haben.«

»Das denke ich auch. Hätte ich mich nur nicht breitschlagen lassen und noch fünf Jahre drangehängt. Ich hätte mit sechzig aufhören sollen. Dann wäre seit genau sechs Wochen Schluss.«

»Soll das heißen, du bist erst sechzig? Ich war immer der Überzeugung, du wärst einige Jahre älter als ich.«

»Nein, nein. Ich war seinerzeit, als du Mallorca aufgemischt hast, der jüngste Kommissar Spaniens. – Hätte ich nur auf meine gute alte Tante Maria gehört.«

»Wieso? Hat die gesagt, du sollst nicht zur Polizei gehen?«

»Sie hat gesagt, ich solle aufhören, denn sie besitzt ein älteres Hotel in Cala Millor. Es war zehn Jahre lang verpachtet, aber der Pächter hat es ziemlich heruntergewirtschaftet. Seit er vor zwei Jahren plötzlich verstorben ist, steht es leer.

Wenn ich bei der Polizei ausgestiegen wäre, hätte ich es sofort übernehmen können.«

»Hättest du tun sollen.«

»Das sag ich mir heute auch, aber es hat mich einfach nicht interessiert. Ich bin nun mal mit Leib und Seele Polizist. Ob du es glaubst oder nicht. Das letzte Mal habe ich diesen Kasten von außen gesehen, als meine Tante vor zwölf Jahren die Leitung abgegeben hat. Innen drin war ich noch nie.«

»Sollten wir noch mal hier rauskommen, gehen wir zusammen hin und sehen uns an, was du da ausgeschlagen hast.«

»Ja, wenn.«

Während Annika und Verena notgedrungen mit den Zwillingen im Hotel blieben, war Stefan nach Palma aufgebrochen. Anders als Marco und Sven war er der Ansicht, den Ermittlungsfaden am günstigsten bei der dortigen Kriminalpolizei und Juans Kollegen aufnehmen zu können. Als er in der letzten Parkbucht auf dem recht engen und gut gefüllten Besucherparkplatz vor dem großen Gebäude den Wagen abstellte, ahnte er nicht, dass ihn schon einige versteckte Kameras erfasst hatten.

Da sich ein Deutscher, gar ein gewöhnlicher Tourist, recht selten hierher verirrte, wurde ihm sofort die volle Aufmerksamkeit des Aufsichtspersonals zuteil, und als er an die Pförtnerloge herantrat, fragte ihn der Portier in erstaunlich gutem Deutsch: »Zu wem wollen Sie denn?«

»Zu Kommissar Hernandez«, stellte Stefan sich unwissend und bekam prompt zur Antwort: »Der ist im Moment nicht im Dienst.«

»Dann möchte ich gern mit seinem Stellvertreter sprechen. Ich habe eine Beobachtung in Zusammenhang mit dem Mord bei den Höhlen von Arta gemacht, diese möchte ich nun zu Protokoll geben.«

»Eine Beobachtung? Sind Sie Zeuge?«

»So ungefähr.«

»Gehen Sie in den ersten Stock, Flur rechts, Zimmer einhundertelf, ganz am Ende des Ganges. Ich melde Sie an.«

Wenn Peter recht hat und die hier Dreck am Stecken haben, muss ich auf der Hut sein, dachte Stefan, während er die imposante Treppe nach oben stieg. Aber bislang kam ihm alles unverdächtig vor.

Dann war er angekommen. Er klopfte an und trat ein. Ein vielleicht vierzigjähriger Beamter mit mächtigem Schnauzbart und schwarzem, kurz geschnittenem Haar saß an seinem Schreibtisch, und als Stefan eintrat, stand er auf und streckte ihm die Hand entgegen.

Stefan war schon nicht gerade klein gewachsen, aber dieser Mann überragte ihn um gut und gern einen halben Kopf.

»Ich bin Kommissar Leon Gonzales, was kann ich für Sie tun?«

»Sind Sie der Leiter hier?«

»Im Moment ja. Ich habe gehört, Sie wollen eine Zeugenaussage machen?«

»Nicht ganz. Aber ich hätte etwas zu dem Fall zu sagen.«

»So?«, fragte der Beamte verwundert und sah dabei echt überrascht, aber vor allem absolut seriös aus. Stefan fragte sich, ob Hernandez und Peter sich nicht doch irrten, wenn sie Hernandez' Gegenspieler hier im Gebäude vermuteten.

»Sie haben doch zwei Tatverdächtige verhaftet, soweit mir bekannt ist, und …«

»Woher wissen Sie das? Die Presse hat dazu nichts geschrieben.«

»Einer der beiden ist mein Partner.«

»Ihr Partner?«, fragte der Kommissar und konnte sich ein Grinsen nicht verkneifen.

»Mein Geschäftspartner«, stellte Stefan schnell richtig, »wir betreiben in Deutschland eine recht bekannte Detektei. Wir sind die Taunus-Ermittler.«

»Warum sind Sie auf Mallorca? Geschäftlich?«

»Teils, teils. Wir machen hier mit unseren Familien Urlaub«, sagte Stefan und überlegte kurz, wie offen er dem fremden Beamten gegenüber sein könnte. Er entschied sich dafür, erst einmal mit offenen Karten zu spielen, denn wenn der Gegner im Polizeigebäude zu finden war, dürfte er bereits Erkundigungen über Peter eingezogen haben. Wenn nicht, wäre Offenheit das Einzige, was Peter helfen könnte.

Nach einer kurzen Weile des Schweigens fuhr er fort: »Peter Stettner, das ist mein Partner, wollte seinem Freund, Kommissar Hernandez, helfen, der beschuldigt wird, korrupt zu sein.«

»Da hat sich Ihr Partner aber wirklich keinen Gefallen getan.«

»Wieso?«

»Die Indizien gegen die beiden sind so erdrückend, dass vermutlich innerhalb weniger Wochen Anklage wegen Mordes und Beihilfe gegen sie erhoben wird. – Was werden Sie jetzt tun?«

»Ich werde die Ermittlungen aufnehmen. Dass Peter Stettner, der nicht nur mein Geschäftspartner, sondern auch mein bester Freund ist, damit etwas zu tun hat, ist völlig abwegig.«

»Mag sein, aber das zu klären ist Aufgabe des Gerichts und der Polizei. Ihnen würde ich empfehlen, da ich Sie vermutlich nicht davon abbringen kann zu ermitteln, sich dabei wenigstens nicht ins Unrecht zu setzen.«

Stefan zog es vor, dazu zu schweigen, und so fuhr sein Gegenüber nach einigen Sekunden fort: »Und ich würde Ihnen dringend empfehlen, Ihrem Freund einen guten Anwalt zu besorgen. Vielleicht kann der bei Gericht noch etwas für ihn herausholen.«

»Er ist schon unterwegs«, sagte Stefan unbedacht und hätte sich im nächsten Moment auf die Zunge beißen können, denn diese Information hatte er eigentlich nicht preisgeben wollen.

Kurz darauf beendeten die beiden das Gespräch, und Stefan verabschiedete sich.

Während er durch den langen Flur zur Treppe hinging, bemerkte er plötzlich, dass eine der Überwachungskameras seinen Bewegungen folgte. Noch bevor er Zeit fand, darüber nachzudenken, kamen zwei schwer bewaffnete, uniformierte Beamte herbeigeeilt und stellten sich ihm in den Weg. Ein Schwall spanischer Worte ergoss sich über ihn, und da Stefan seit seinem Kurs an der Volkshochschule im letzten Jahr etwas mehr Spanisch sprach als »Una cerveza por favor«, konnte er entnehmen, dass sie ihn aufforderten, stehen zu bleiben, und fragten, was er hier auf diesem Flur wolle.

In diesem Augenblick öffnete sich die Tür von Kommissar Gonzales' Büro, und der Kommissar sagte auf Spanisch zu seinen Leuten: »Ist schon in Ordnung, der Mann war bei mir.«

Zu Stefan sagte er: »Entschuldigen Sie, aber normalerweise haben wir hier oben keinen Publikumsverkehr.«

Dann verschwanden zuerst die Uniformierten, anschließend ging der Kommissar ins Büro zurück.

Stefan, der diesen Vorfall nicht so recht einordnen konnte, beschloss, in Zukunft vorsichtiger damit zu sein, wem er was sagte. Schließlich hätte das eben auch ein Einschüchterungsversuch sein können, um ihn vom Ermitteln abzuhalten. Noch immer recht beeindruckt von dem, was gerade geschehen war, bestieg er seinen Wagen und fuhr davon.

Auch Sven und Marco waren an diesem Vormittag nicht untätig gewesen. Nachdem ihnen klar war, wie sie weiter vorgehen würden, war das Beschaffen eines Fotos von Jose Banderas ein Kinderspiel gewesen. Mit diesem Bild in der Tasche fuhren sie zum Polizeiposten nach Manacor. Sie verlangten nach dem diensthabenden Beamten und erklärten ihm, dass sie eine Vermisstenanzeige aufgeben wollten.

»Wer wird denn vermisst?«, fragte der Polizeibeamte auf Spanisch, sodass Sven nichts davon verstand.

»Mein Onkel Jose«, sagte Marco.

»Und wer ist der junge Mann, der neben Ihnen steht?«, fragte der Beamte misstrauisch, denn man sah es Sven schon von Weitem an, dass er als Tourist auf der Insel weilte.

»Ein Freund aus Deutschland, er ist zurzeit bei uns zu Besuch.«

»Seit wann vermissen Sie Ihren Onkel?«

»Seit gestern Nachmittag. Da ist …«

»Das sind ja nicht einmal vierundzwanzig Stunden. Da können wir noch keine Vermisstenmeldung herausgeben.«

»Aber er ist gestern Mittag aus dem Haus gegangen, und seitdem wird er vermisst.«

»Vielleicht ist er unterwegs eingekehrt und hat die Zeit vergessen.«

»Wohl kaum, mein Onkel trinkt nicht.«

»Okay, wie sieht er denn aus?«

»Ich habe ein Foto von ihm dabei«, sagte Marco und legte den Computerausdruck auf den Tisch. »Sie müssten ihn eigentlich erkennen. Er war vor einigen Wochen hier bei Ihnen, um einen hochrangigen Polizeibeamten der Korruption zu bezichtigen. So etwas bleibt doch im Gedächtnis.«

»Stimmt, da war was«, sagte der Beamte und sah sich das Foto lange und intensiv an. »Nein, das Foto sagt mir nichts. Gar nichts. Allerdings hatte ich an diesem Tag auch nicht Schalterdienst. Ich seh mal nach, welcher Kollege dafür eingeteilt war.«

Der Mann schlug im Dienstbuch nach und meinte: »Ach, das war mein Kollege Miguel, der hat die Anzeige aufgenommen. Leider hat er heute frei. Morgen Abend ist er auf Streife, aber übermorgen ab acht Uhr früh hat er hier wieder am Empfang Dienst. Meinen Sie, das Verschwinden Ihres Onkels hatte etwas mit seiner Anzeige zu tun?«

»Schon möglich. Übermorgen früh, sagten Sie, ist der Kollege da? Können wir dann mit ihm sprechen?«

»Ja, klar. Aber was ist mit Ihrer Vermisstenanzeige?«

»Die geben wir natürlich auf«, sagte Marco und gab alles zu Protokoll, was er über Jose Banderas wusste. Dann verabschiedeten sich die beiden vom wachhabenden Polizisten und verließen das Gebäude.

Draußen ließ sich Sven alles haarklein auf Deutsch berichten, und als Marco geendet hatte, fragte er: »War es nicht ein Fehler, die Anzeige doch noch aufzugeben?«

»Vielleicht. Aber sie jetzt nicht mehr aufzugeben wäre der noch größere Fehler gewesen. Dann wäre unser seltsames Verhalten ganz bestimmt nach Palma gemeldet worden. So haben wir die Chance, dass es erst mal hier liegen bleibt, bevor es als offizielle Suchmeldung weitergegeben wird. Übermorgen, wenn der andere Beamte da ist, wissen wir wahrscheinlich mehr. Ich vermute nämlich ganz stark, dass Banderas von keinem auf der Wache wiedererkannt wird, weil er gar nicht hier war.«

Um die Mittagszeit läutete das Telefon auf einem Schreibtisch irgendwo in Palma. Der Mann, der den Hörer abnahm, war eine imposante Erscheinung: groß gewachsen, mit Stirnglatze und gepflegtem Schnauzbart, Mitte fünfzig, schlank und sehr gut gekleidet. Allein der Zweireiher, den er auch im Büro trug, hätte das Gehalt eines normalen Polizisten mühelos verschlungen. Niemand im Umfeld dieses hochrangigen Beamten hätte es geglaubt, wenn jemand erzählt hätte, in welchen Kreisen der Mann sich bewegte.

Er meldete sich, und als er die Stimme seines Gegenübers vernahm, wurde er ärgerlich: »Mensch, du sollst dich nicht auf diesem Apparat melden. Du kannst uns damit in Teufels Küche bringen.«

»Es ist aber wichtig – sehr wichtig.«

»Okay, ich rufe dich auf deinem Handy zurück.«

Dann legte der Mann auf, schloss die Bürotür ab, nahm seinerseits ein Mobiltelefon aus einem verschlossenen Fach des Aktenschrankes und rief an.

»So, was gibt es denn so Wichtiges?«, kam er ohne Umschweife zur Sache.

»Eben war jemand bei Leon.«

»Was ist daran denn so wichtig? Verschwende meine Zeit nicht.«

»Es war ein Tourist aus Deutschland. Angeblich ist er ein Geschäftspartner von diesem … äh … Stettner.«

»Wie war das?«, fuhr der Mann in die Höhe, »gibt es da am Ende noch mehr von der Sorte?«

»Die beiden Privatdetektive machen angeblich mit ihren Familien hier auf Mallorca Urlaub. Und dieser Stettner, der mit Hernandez irgendwie von früher bekannt ist, wollte ihm nebenbei noch helfen, die Vorwürfe gegen ihn zu entkräften. Können die uns am Ende vielleicht sogar gefährlich werden?«

»Nicht wirklich«, sagte der Mann und meinte damit vorrangig sich und seine Position, »aber Scherereien können sie uns bestimmt machen. Alles, was ich von dieser Detektei gehört habe, sagt mir, dass sie ziemliche Hochkaräter sind. Also ist Vorsicht angesagt. Weißt du etwas darüber, wie der Mann weiter vorgehen will?«

»Ja, ich habe gehört, wie er sagte, er wolle eine Liste mit Personen abarbeiten, die noch dieser Stettner zusammengestellt hat und die Leute aus Juans Umfeld beinhaltet. Damit meint er vermutlich sie befragen.«

»Das ist gut, da lässt sich was draus machen. Halt weiter die Augen und Ohren offen, du hast dir einen Extrabonus verdient.«

»Chef, da ist noch was«, sagte der Mann eifrig. »Ein Anwalt aus Deutschland ist unterwegs, um die beiden, vermutlich mithilfe eines örtlichen Kollegen, offiziell zu vertreten.«

»Auch das lässt sich gut verwenden, ich habe da schon so verschiedene Ideen. Lass mich mal machen.«

Der Mann beendete das Gespräch, legte das Handy in das Schrankfach zurück und verschloss es sorgfältig. Auf seiner Stirn zeigten sich zwei tiefe Energiefalten, wie immer, wenn man ihn zum Reagieren zwang. Es entsprach nun mal viel mehr seiner Natur, selbst zu agieren. Trotzdem hatte er nicht vor, sich das Heft aus der Hand nehmen zu lassen. Sein Gesprächspartner war noch ziemlich jung, er wusste nicht, wer Peter Stettner war. Aber er selbst hatte es damals, in den späten achtziger Jahren, persönlich miterlebt, wie dieser Stettner halb Mallorca aufgemischt hatte.[3]

Nachdenklich saß er einige Minuten lang an seinem Schreibtisch und dachte angestrengt nach. Dann nahm er abermals sein Handy aus dem Schrank, setzte seinen breitkrempigen Hut auf und wollte das Büro verlassen. Gerade als er zur Tür hinüberging, drückte jemand, vermutlich ein Kollege, die Klinke hinunter und wollte eintreten. Da noch abgeschlossen war, klopfte er an.

Der Mann schloss auf, sah den Sachbearbeiter, der zwei Räume weiter saß, an und erinnerte sich daran, dass der ihm heute Vormittag Akten herüberbringen wollte.

»Ich weiß, der Vorgang Morales«, sagte er nur, »legen Sie ihn auf den Schreibtisch. Ich habe schon den ganzen Morgen schreckliche Kopfschmerzen. Da hat auch meine vorgezogene Mittagspause nichts dran geändert. Ich geh mal kurz raus in den Park frische Luft schnappen. Bis später.«

Nun wurde es aber Zeit, so einiges anzuleiern. Dazu musste er einige Gespräche führen, von denen niemand etwas mitbekommen durfte, sie würden seine Position innerhalb der Organisation festigen und absichern. So drehte sich der Mann um und ging zur Treppe hinüber, die ins Erdgeschoss des Amtsgebäudes und zum Ausgang führte. Er versuchte, seine Schritte nicht allzu beschwingt wirken zu lassen, immer darauf bedacht, selbst kleinste Details zu beachten. Nur so hatte er es geschafft, nicht nur im Amt,

---

3   Vgl. Die Taunus-Ermittler Band 1 – Steinige Wege

sondern auch in der Organisation eine beachtliche Karriere zu machen.

Stefan überlegte, wen auf Peters Liste er als Nächsten aufsuchen wollte. Er entschied sich, Juans Frau einen Besuch abzustatten und anschließend Juans Freund, dem Abschleppunternehmer und Werkstattbesitzer. Den Polizeiposten in Manacor würde er am nächsten Tag, vielleicht zusammen mit Burkhard oder dessen spanischem Kollegen, überprüfen.

Während er über die sommerlich heiße Insel brauste, läutete er bei Frau Hernandez durch und kündigte seinen Besuch an. Sie schien ihm alles andere als begeistert, aber das konnte Einbildung sein. Nun kam es ihm zupass, dass er an der Volkshochschule zwei Semester Spanisch belegt hatte und die Sprache leidlich beherrschte, denn Juanita Hernandez sprach kein Wort Deutsch, zumindest gab sie es vor.

Als er bei ihr im Wohnzimmer saß und sie zu dem Tag befragte, an dem ihr Mann wegen angeblicher Schmiergeldzahlung verhaftet worden war, hatte er den Eindruck, sie wäre ehrlich bestürzt darüber, dass er des Mordes verdächtig sei, denn sie sagte immer wieder: »Das kann ich mir nicht vorstellen.«

Wie es genau dazu gekommen war, dass sie nicht gemeinsam zu der Familienfeier gefahren waren, konnte sie nicht mehr sagen. Sie wusste nur noch, dass ihr Chef sie gebeten hatte, länger zu bleiben. Stefan war nicht sicher, ob das der Wahrheit entsprach, deshalb nahm er sich vor, gleich nach dem Werkstattbesuch ihrem Chef, dem Immobilienmakler, einen kurzen Besuch abzustatten.

Aus diesem Grund verabschiedete er sich um einiges

schneller als ursprünglich geplant von der Endvierzigerin, denn er kannte nur die Geschäftsadresse des Maklers und wollte es unbedingt vermeiden, mit der Frage nach der Privatadresse ihres Chefs schlafende Hunde zu wecken.

Draußen bedankte er sich noch einmal bei Juanita Hernandez dafür, dass sie ihn empfangen hatte, und hoffte, sie merkte nicht, dass er ihr misstraute. Dann startete er den Wagen und fuhr die wenigen Kilometer zu der Werkstatt von Juans Freund. Seinen Wagen parkte er in einer schattigen Seitengasse, da es an diesem Nachmittag wieder einmal erdrückend heiß auf der Insel war.

Der Besuch in der Werkstatt brachte ihm zumindest die neue Erkenntnis, dass die Reifenpanne vermutlich absichtlich herbeigeführt worden war, um Juan einige Stunden alibilose Zeit zu bescheren. Denn dass zwei Reifenventile gleichzeitig so beschädigt wurden, dass sie wenige Kilometer nach dem Start, noch bevor er die Hauptstraße erreichte, keine Luft mehr hielten und ein Ersatzreifen nicht ausreicht, um das Problem zu beheben, konnte kein Zufall sein. Dass Juan einen Freund hatte, der ihm innerhalb kürzester Zeit weiterzuhelfen in der Lage war, und er nicht erst den Automobilclub anrufen, einen Abschleppdienst organisieren und stundenlang an der einsamen Landstraße auf diesen warten musste, hatten seine Gegenspieler nicht einkalkuliert.

Er bedankte sich bei Juans Freund und dessen Angestellten, die ihm bereitwillig Rede und Antwort gestanden hatten, dann verabschiedete er sich von ihnen und ging zu seinem Auto zurück.

Kurz bevor er es erreichte, fuhr er herum, denn er hatte eine verdächtige Bewegung hinter sich wahrgenommen. Keine Sekunde zu früh, denn im gleichen Augenblick sah er eine Faust auf sich zukommen, die ihm eigentlich von hinten einen Leberhaken verpassen wollte. An dieser Faust dran hing ein äußerst finster wirkender, mit stattlichen Muskelpaketen gesegneter Bursche.

In seiner Begleitung fand sich ein nicht minder abstoßend wirkender Zeitgenosse, der mit einem Baseballschläger bewaffnet war und ihn in schlecht verständlichem Deutsch anknurrte: »Los, Geld, aber zack.«

Noch während Stefan sich daran erinnerte, wie Peter ihm einmal erzählt hatte, dass er damals, Ende der Achtziger, in einer einsamen Gasse von zwei Typen mit Fahrradkette verdroschen worden war, wirbelte er herum und trat dem einen den Baseballschläger aus der Hand. Dem anderen versetzte er einen Handkantenschlag, der diesem unverzüglich die Luft nahm und ihn zu Boden gehen ließ. Nun ging der eine Verbliebene mit bloßen Fäusten auf ihn los. Einen Schlag musste Stefan einstecken, dann konnte er selbst einen Tritt aus der fernöstlichen Trickkiste und einen Handkantenschlag einsetzen, der auch diesen Angreifer zu seinem Kollegen auf die Bretter schickte.

»Mit mir nicht«, murmelte Stefan gerade und drehte sich zu seinem Auto um, da traf ihn ein weiterer Schlag. Er glaubte, eine Dampfwalze sei über ihn hinweggefahren, und als er endlich wieder Luft bekam, waren die anderen beiden auch wieder da, und sie prügelten zu dritt auf ihn ein. Er hatte keine Chance, sich zu wehren. Nur wenige Augenblicke später ging er bewusstlos zu Boden.

Im Untersuchungsgefängnis in Palma de Mallorca saßen Peter und Juan wie auf glühenden Kohlen. Seit sie erfahren hatten, dass Stefan und Dr. Pfannmöller sich um eine anwaltliche Vertretung für sie bemühten, hofften sie irgendwie freizukommen. Wenn sie nicht gerade versuchten, ihren Fall von der Gefängniszelle aus zu lösen, fantasierte Juan sich Geschichten um das Hotel in Cala Millor, das er hätte bekommen sollen, zusammen.

»Wenn ich hier noch jemals rauskomme, werfe ich bei der Polizei hin und sage Tante Maria, dass ich das Hotel nehme. Und du, Peter, könntest mal ein Jahr Auszeit nehmen und mir bei der Renovierung helfen.«

»Das geht schon aus zwei Gründen nicht. Erstens habe ich zwei linke Hände, und zweitens …«

Weiter kam Peter nicht, denn in dem Augenblick öffnete sich die Zellentür, und ein Vollzugsbeamter trat ein.

»Ihr Anwalt ist da.«

»Das ging ja verdammt schnell«, sagte Peter, wunderte sich aber nicht weiter, denn er wusste, dass Burkhard den Ruf, Unmögliches möglich zu machen, zu Recht trug.

Die beiden folgten dem Beamten zum Besprechungsraum, und als sie die Tür öffneten, wich Juan sofort einen Schritt zurück.

Er flüsterte Peter zu: »Los, wir wollen wieder in die Zelle.« Dann drehte er sich zum Wärter um und sagte: »Mit diesem Anwalt möchten wir nicht sprechen. Bringen Sie uns zurück.«

Der Vollzugsbeamte sah nun Peter an, der wiederum Juan verblüfft ansah, aber mitspielte. »Ja, bringen Sie uns zurück.«

Der Mann tat, was sie gesagt hatten, und als sich die Zellentür hinter ihnen geschlossen hatte, fragte Peter irritiert: »Warum wolltest du denn so plötzlich nicht mehr mit unserem Anwalt sprechen?«

»Weil das vermutlich nicht dieser Mann war. Es sei denn, dein Freund Burkhard hätte zufällig einen der verrufensten Anwälte Spaniens engagiert. Aber selbst dann wäre es vermutlich besser gewesen, den Kerl abzulehnen.«

»Verrufen?«

»Ja, er steht im Verdacht, mit dem organisierten Verbrechen zusammenzuarbeiten, man kann ihm aber nichts beweisen. Ich weiß auch nur durch Zufall davon, weil ich auf einer Polizeitagung teilgenommen habe, wo dieses Thema behandelt wurde. Ich glaube, dass er nicht von Dr. Pfannmöller geschickt wurde, sondern von unseren Gegnern, um uns weiter in Misskredit zu bringen. Wenn wir mit ihm gesprochen hätten, hätte uns das in der öffentlichen Meinung schuldig gemacht.«

»Aber es hätte nichts bewiesen.«

»Das nicht. Aber meinst du, das ginge bei einem späteren Prozess spurlos an uns vorbei? Richter, Staatsanwälte und Zeugen sind auch nur Menschen und haben eine Meinung, die sie unbewusst in ihren Entscheidungen beeinflusst. Niemand ist frei davon. Das solltest du als ehemaliger Polizist doch ganz genau wissen.«

5.

Morgens um fünf wachte Verena auf und sah, dass Stefan die ganze Nacht über nicht zurückgekommen war. Der Platz neben ihr war leer, und auch die Bettdecke lag noch genauso da wie am Abend zuvor. Sie dachte an den vergangenen Nachmittag, als Stefan zum letzten Mal mit ihr telefoniert hatte. Auch dass er sich nach diesem Anruf um fünfzehn Uhr nicht mehr telefonisch gemeldet hatte, war äußerst ungewöhnlich. Am Nachmittag, als er mit ihr gesprochen hatte, war er gerade auf dem Weg nach Son Servera gewesen, um mit Juanita zu sprechen, und hatte gemeint, sie solle sich keine Sorgen machen, falls es später werde, er habe noch mit so vielen Leuten zu sprechen und nur noch so wenig Zeit. Er werde sich aber später noch einmal melden.

Nicht allzu viel später war dann Dr. Pfannmöller eingetroffen, im Schlepptau seinen Kollegen Javier Lopez. Der erfahrene Anwalt aus Barcelona hatte eigentlich einige Tage Urlaub in der Schweiz machen wollen, aber kurzerhand umdisponiert, als Burkhard ihm geschildert hatte, worum es ging.

»Dann mache ich eben einen Arbeitsurlaub auf Mallorca«, hatte er schief grinsend zu Burkhard gesagt, als der bei ihm in der Tür stand. Kurzerhand hatte Javier seinen fertig gepackten Koffer genommen, hatte mit Burkhard seinen Wagen bestiegen und war statt zum Flughafen, wo seine Maschine nach Genf auf ihn wartete, mit Burkhard zur Fähre nach Mallorca gefahren.

Als die beiden Frauen das erfahren hatten, waren sie ehrlich beeindruckt, denn so viel Engagement hatten sie weder von Burkhard noch gar von dessen spanischen Kollegen erwartet.

Verena riss sich aus ihren Erinnerungen, und da es inzwischen schon beinahe halb sieben war, stieg Panik in ihr hoch. Zu oft schon waren Peter und Stefan in ihrer gut zwölfjährigen Karriere als Privatdetektive in brenzlige Situationen gekommen. Bislang war immer alles mehr oder weniger glimpflich abgegangen, aber wer sagte denn, dass das für immer so bleiben musste?

Als es sieben war, hielt sie es nicht mehr länger im Bett aus, sie sprang auf, zog sich in Windeseile an und ging zu Annikas Zimmer hinüber. Sie klopfte so lange und penetrant an die Tür, bis Annika, die selbst ziemlich unruhig geschlafen hatte, gähnend öffnete.

Als sie in Verenas versteinertes Gesicht sah, war sie mit einem Schlag hellwach. »Was ist passiert?«

»Stefan ist die ganze Nacht nicht zurückgekommen und hat sich auch nicht gemeldet.«

»Scheiße. Das klingt nicht gut. Glaubst du, es ist was passiert?«

»Ja.«

»Dann lass uns Burkhard wecken. Wir fragen ihn, was wir tun können.«

Glücklicherweise hatte Burkhard noch ein Einzelzimmer im Hotel bekommen, während Javier nur noch ein Quartier in Palma gefunden hatte. Jetzt erwies es sich als gut, dass Javier darauf bestanden hatte, seinen Wagen mit auf die

Insel zu nehmen, denn so konnten sie, wann immer sie wollten, zwischen Palma und Cala Millor pendeln. Hätten beide ein Quartier in Palma bezogen, wären die Frauen weitgehend außen vor geblieben.

Als sie Burkhard geweckt und ihm die Situation geschildert hatten, legten sich auch auf seine Stirn Sorgefalten, und er sagte nur: »Wir treffen uns alle um acht im Speisesaal.«

Als sie alle zusammensaßen und Verena ausgiebig geschildert hatte, was Stefan gesagt hatte, meinte Burkhard zu Javier: »Du sprichst am besten Spanisch von uns. Könntest du bei der Polizei anrufen, ob Stefan vielleicht einen Unfall hatte? Wenn nicht, ruf bitte die Krankenhäuser der Insel an. Vielleicht weiß man dort etwas.«

»Okay«, sagte Javier, und Sven meinte: »Ich muss los, tschüss, bis heute Abend.«

Noch bevor Annika fragen konnte, ob er sich mit Marco treffen wollte, trat einer der Hotelangestellten an ihren Tisch und fragte: »Ist hier eine Frau Weimershaus?«

Verena sah den Mann einige Sekunden lang erschrocken an und sagte mit brüchiger Stimme: »Ja, das bin ich.«

Ihre Hände zitterten so sehr, dass sie das Telefon, das der Mann ihr entgegenhielt, kaum festhalten konnte, aber schließlich gelang es ihr doch, es ans Ohr zu führen. Sie schaltete den Lautsprecher ein, damit die anderen mithören konnten, und während der Empfangsmitarbeiter sich entfernte, drang ihnen die Stimme eines Mannes, der leidlich Deutsch sprach, entgegen.

»Ich bin der Chefarzt der Unfallstation in der Uni-Klinik *Son Espases* in Palma de Mallorca. Ihr Mann wurde gestern am späten Abend bewusstlos und übel zugerichtet hier eingeliefert. Vermutlich ein Raubüberfall. Er muss einige

Zeit in einer kleinen Gasse in Son Servera gelegen haben, bevor ihn jemand fand.«

»Wie geht es ihm?«, fragte Verena schnell, als der Mann einmal nach Worten suchte.

»Ich kann Sie beruhigen, Lebensgefahr bestand zu keiner Zeit, obwohl es am Anfang schlimm aussah. Sie können ihn gern besuchen kommen, Gebäude B, zweiter Stock, Station zweihundertdreiundsiebzig. Er wird sicher noch ein paar Tage zur Beobachtung hierbleiben müssen.«

Verena bedankte sich bei dem Arzt für die Benachrichtigung, verabschiedete sich und legte auf.

Darauf sagte Burkhard: »Javier und ich machen uns jetzt auf den Weg zur Polizei nach Palma. Ihr könnt ja zu Stefan fahren.«

»Das mache ich«, sagte Verena, und Annika bot sich an, derweil auf die Zwillinge aufzupassen.

Erst jetzt fiel ihr auf, dass Sven sich wieder einmal still und leise aus dem Staub gemacht hatte.

Etwa zur gleichen Zeit erwachte Stefan im Krankenhaus von Palma aus der tiefen Bewusstlosigkeit, in die er von den drei Schlägern geprügelt worden war. Nachdem man ihn untersucht und festgestellt hatte, dass er nicht lebensgefährlich verletzt, aber sehr übel zugerichtet war, hatte man ihm ein starkes Beruhigungsmittel gespritzt, damit er die Nacht schmerzfrei verbringen und durchschlafen konnte.

Als er erwachte, sah er sich verwundert um und konnte sich nicht erklären, wie er hierhergekommen war. Sein Hirn war wie leergefegt, und erst nach einem Gespräch mit dem Stationsarzt, der ihn ins Bild setzte, begann er langsam klarzusehen.

»Ja, ... äh, nein«, sagte er, als der Arzt mit den Fragen

schloss, ob Stefans Geld noch da sei und ob er die Polizei rufen solle. Denn erst mit einiger Verspätung wurde ihm klar, warum er in Son Servera unterwegs gewesen war. An einen Raubüberfall, wie der Arzt vermutete, glaubte er nicht. Vielmehr war er sich sicher, dass er, ohne zu wissen, wann und wo, jemandem bei seinen kriminellen Machenschaften in die Quere gekommen war.

»Herr Doktor«, fragte er sofort, »kann ich gehen?«

»Im Moment sind unsere Untersuchungen noch nicht abgeschlossen. Wir müssen Sie noch einem gründlichen Check unterziehen, um innere Verletzungen völlig auszuschließen. Außerdem haben Sie eine mittelschwere Gehirnerschütterung, und mit dem Laufen ...«

»Wie lange?«

»Bis übers Wochenende. Am Montag oder Dienstag steht einer Entlassung vermutlich nichts im Wege.«

»So lange kann ich nicht warten«, sagte Stefan und wollte direkt aus dem Bett springen, aber ein hämmernder Kopfschmerz warf ihn ins Kissen zurück.

Erst jetzt merkte er, dass sein rechter Arm geschient war, und er fragte knapp: »Warum das?«

»Angebrochen«, antwortete der Arzt genauso knapp. »Außerdem werden die Kopfschmerzen nicht weniger, wenn Sie aufstehen. Im Gegenteil, und von Ihrem Bein will ich gar nicht erst reden.«

Erst jetzt, da der Medikamenteneinfluss weiter nachließ, merkte Stefan, dass auch sein Bein höllisch wehtat. Dennoch richtete er sich vorsichtig auf und wollte abermals aus dem Bett steigen, aber schon der Versuch eines ersten Schrittes ließ ihn sich wieder hinlegen. Er besah sich sein Bein und bemerkte, dass das linke Knie dick bandagiert war. Fragend sah er den Arzt an.

»Die Räuber müssen Ihnen mit einem Baseballschläger oder etwas Ähnlichem, als Sie schon am Boden lagen, auf die Beine eingeschlagen haben. Haben Sie sich etwa gewehrt, weil diese Leute Sie so zugerichtet haben?«

»Nein, kein bisschen«, schwindelte Stefan scheinheilig und verschwieg besser, was wirklich vorgefallen war.

Aber es war ihm auch klar, dass er um einen mehrtägigen Krankenhausaufenthalt nicht herumkam. Er konnte weder vernünftig Auto fahren noch laufen, und er fühlte sich elend.

»Herr Doktor, kann ich noch etwas gegen die Schmerzen haben?«, fragte er.

»Aber klar«, sagte der Arzt und rief eine Schwester herbei, die Stefan gleich eine Spritze verabreichte.

Kurz darauf war er wieder allein im Raum. Wenigstens hatte man ihm ein Einzelzimmer gegeben, sodass er so oft und lange Besuch empfangen konnte, wie er wollte. Vielleicht kam Burkhard ja vorbei, und er konnte mit ihm sprechen, ohne dass Unbefugte davon erfuhren.

Dank des starken Schmerzmittels ließen die Kopfschmerzen allmählich nach. Stefan legte sich so bequem, wie es ging, zurück und begann nachzudenken.

Er musste gestern irgendjemandem schwer ins Gehege gekommen sein, dass sie zu so radikalen Mitteln gegriffen hatten. Aber was genau war es, was seine Gegenspieler dazu veranlasst hatte, ihn aus dem Verkehr zu ziehen? Sein Besuch auf der Polizeistation, bei Frau Hernandez oder bei Juans Freund, dem Automechaniker? Oder sollte am Ende verhindert werden, dass er nach Manacor zum Polizeiposten fuhr?

Über all diesen Fragen wurde er hundemüde, und ehe er sich's versah, glitt er in einen leichten Dämmerschlaf.

Sven war zufrieden mit sich. Er hatte es wieder einmal geschafft, das Hotel zu verlassen, ohne seiner Mutter in die Hände zu fallen, die ihm garantiert eine Standpauke zu Marco verpasst hätte. Warum konnte sie immer nur bei anderen tolerant sein – nur bei ihm nicht? Er war sich sicher, dass es irgendwann zu einem gewaltigen Krach zwischen ihnen kommen würde, aber der war vorerst verschoben. Zuerst mussten sie sich darum kümmern, dass Juan und Peter freikamen.

Er lief, ja rannte fast zum großen Parkplatz an der Einmündung der Straße, wo Marco ihn erwartete. Sie begrüßten sich mit einem leidenschaftlichen Kuss, dann erzählte Sven, was geschehen war.

»Scheiße«, sagte Marco nur und schlug vor, am Nachmittag zu Stefan in die Klinik zu fahren, um mehr herauszufinden.

»Warum erst heute Nachmittag?«

»Weil wir erst morgen mit dem Polizeibeamten in Manacor sprechen können, und wenn wir sowieso nach Palma müssen, könnten wir vorher mal zu mir fahren. Ich möchte mehr von dir als nur Händchen halten und küssen.«

»Das geht mir kein bisschen anders, aber ich kann unmöglich mit dir schlafen, bevor Peter nicht frei ist. Das hat Vorrang.«

Etwas enttäuscht sagte Marco: »Schon klar, aber mit dir ist es mir verdammt ernst. Deshalb gebe ich gern nach.«

»Zu dir, das heißt doch, du meinst bei deinen Eltern, oder?«

»Ja, klar.«

»Haben die nichts dagegen, wenn du da mit mir …«

»Nee, da hab ich echt Glück gehabt mit denen. Mein Vater hat schon früh von meiner Oma einen Tipp bekommen, was mit mir los ist, und mich beiseitegenommen. Er hat gemeint, er wisse Bescheid und ich bräuchte keine Heimlichkeiten vor ihnen zu haben. Dann kam meine Mutter dazu und hat ebenfalls gesagt, dass es völlig egal wäre, wen ich liebe, Hauptsache, ich wäre glücklich. Denn Glück wäre das Wichtigste im Leben, das man niemals einem anderen verwehren dürfe.«

»Peter sieht das ähnlich, aber meine Mutter ...«

»Okay, dann lass uns etwas früher nach Palma fahren, aber mach mir wenigstens die Freude, dir einen wunderschönen einsamen Aussichtspunkt in der Nähe von Cala Figuera zeigen zu dürfen.«

»Dann lass uns fahren. Ich möchte gern noch vor Mittag in Palma sein.«

Gegen elf Uhr standen Verena, Burkhard Pfannmöller und Javier Lopez vor Stefans Krankenbett. »Du machst aber auch Sachen«, sagte Verena gespielt vorwurfsvoll, und Stefan verzog das Gesicht zu einem schiefen Grinsen.

»Genug geplaudert«, sagte Dr. Pfannmöller ungeduldig, »jetzt wird's ernst. War es ein Raubüberfall oder nicht?«

»Eindeutig nein. Meine Brieftasche mit fast fünfhundert Euro ist unberührt.«

»Wo bist du gestern überall gewesen?«

Bevor Stefan anfangen konnte zu erzählen, durchzuckte ein stechender Schmerz seinen Kopf, und anschließend wurde ihm kurz übel. Doch das ging schnell vorüber, und gerade als er abermals anhob, klopfte es an der Tür.

Alle sahen zum Eingang hin, da traten Sven und Marco ein.

»Schön, dass du mich besuchen kommst, Sven. Der junge Mann neben dir ist wohl Marco Ferreira. – Ich habe schon sehr viel von Ihnen und Ihrem Vater gehört«, wandte sich Stefan direkt an Marco.

»Ja?«, erwiderte dieser sofort misstrauisch, und Stefan beeilte sich hinzuzufügen: »Nur Gutes natürlich.«

Als Sven und Marco am Krankenbett Platz genommen hatten, sagte Stefan ganz direkt: »Mich hat man, wie ihr seht, für einige Tage aus dem Verkehr gezogen. Könntet ihr für mich einige Befragungen übernehmen?«

»Das kann doch auch ich machen«, warf Dr. Pfannmöller ein, aber Stefan meinte: »Das fällt mehr auf, als wenn zwei junge Männer unauffällig mit den Leuten sprechen. Wenn ein Anwalt aus Deutschland Fragen stellt, bekommt das Ganze gleich einen offiziellen Anstrich. Und auffallen sollten wir im Moment besser nicht.«

»Das stimmt«, sagte Burkhard Pfannmöller nachdenklich, »aber ich halte es trotzdem für zu gefährlich.«

»Keine Sorge, wir sind vorsichtig«, sagte Marco, »was glauben Sie denn, was wir in den letzten zwei Tagen getan haben? Wir haben die Ermittlungen bereits aufgenommen.«

»Habt ihr denn Peters Liste?«

»Klar doch, die hat er ja mit mir zusammen erstellt«, sagte Sven mit sichtlichem Stolz, und Stefan fragte beeindruckt: »Wo habt ihr denn angefangen? Ich habe bei der Polizei in Palma begonnen, dann Juanita Hernandez befragt und war anschließend bei Juans Freund, dem mit der Autowerkstatt. Danach wollte ich noch zu Frau Hernandez' Chef, dem Immobilienmakler, dazu ist es aber nicht mehr gekommen. Die Polizeiwache in Manacor hatte für heute auf dem Programm gestanden.«

»Hättest du dir sparen können. Der Beamte, der die Anzeige entgegengenommen haben soll, ist erst morgen wieder dort.«

»Woher wisst ihr das?«

»Ganz einfach, wir haben dort begonnen zu ermitteln«, sagte Marco und schilderte kurz, wie er sich als Neffe von Jose Banderas ausgegeben hatte.

Dr. Pfannmöller schwieg beeindruckt, und Stefan sagte nur: »Donnerwetter, das war gut gemacht von euch.«

Dann erzählte er noch von seinem Besuch bei Kommissar Gonzales und dass er zu der Überzeugung gekommen war, er müsse, seit er das Büro des Beamten verlassen hatte, beobachtet worden sein.

»Vielleicht könnt ihr dort noch einmal ansetzen, bevor ihr morgen nach Manacor fahrt«, schloss Stefan, und Burkhard Pfannmöller fügte hinzu: »Ich bin in einer Stunde zusammen mit meinem spanischen Anwaltskollegen Javier Lopez mit Kommissar Gonzales verabredet. Vielleicht könntet ihr uns, wenn wir das Polizeigebäude wieder verlassen, aus der Ferne im Auge behalten. Ich halte es, nach dem, was ich jetzt gehört habe, durchaus für möglich, dass auch wir von den Verbrechern ganz genau überwacht werden.«

Nachdem Sven und Marco sofort zugestimmt hatten, fragte Verena, die bislang kaum etwas gesagt hatte: »Burkhard, wie kommst du denn heute Abend zurück ins Hotel, willst du den Wagen?«

»Nein, Javier fährt mich zurück«, sagte Burkhard, dann verabschiedete er sich von allen.

Beim Hinausgehen sagte er noch zu Stefan, dass er sich zusammen mit Javier auch an übergeordnete Stellen der Polizei, am besten gleich in Madrid, wenden werde. Die Behörde, die eine Sonderkommission unter Juan Hernandez in Palma installieren wollte, wäre dazu vielleicht der ideale Ansprechpartner.

Als er gegangen war, sagte Verena augenzwinkernd zu den beiden jungen Männern: »Ich würde gern mit Stefan noch einige Minuten alleine sein, bevor ich zurückfahre. Könntet ihr nicht …«

»Klar doch«, sagte Marco, und schon waren die beiden draußen.

Draußen auf dem Parkplatz der Klinik fragte Sven: »Hast du schon einen Plan, wo wir uns postieren, um Burkhard und Javier im Auge zu behalten?«

»Ja, gegenüber vom Polizeigebäude gibt es ein kleines Café, von dort aus haben wir den Haupteingang prima im Auge. Jetzt sollten wir uns aber beeilen, wir wissen ja nicht, wie lange das Gespräch mit dem Kommissar dauert.«

Keine zwanzig Minuten später saßen sie bereits im Café und beobachteten das Eingangsportal. Marcos Wagen hatten sie wegen des Parkverbots vor dem Polizeigebäude in einer Seitenstraße geparkt. Sie gingen davon aus, dass die beiden Anwälte bereits drinnen waren, da sie nicht mehr gesehen hatten, wie sie hineingingen. Dass sie damit richtig gelegen hatten, wussten sie eine gute halbe Stunde oder drei Tassen Cappuccino später, als Burkhard und sein Kollege wieder herauskamen.

Jetzt erwies es sich als gut, dass sie ihre Getränke immer gleich bezahlt hatten, denn nur wenige Augenblicke später verließ ein unscheinbar aussehender Mann das Gebäude und hängte sich an die Fersen der beiden Anwälte. Zuerst wollte Javier zum Parkplatz hinüber, aber Burkhard hielt ihn am Ärmel fest, sagte leise etwas zu ihm, Javier nickte, und sie wandten sich in Richtung Stadt.

»Burkhard macht das richtig gut«, sagte Marco, »so können wir ihnen leichter folgen.«

Sven und sein Freund sprangen auf und verließen das Café. Die beiden Anwälte schienen ziellos in der Stadt umherzuschlendern, und der Mann, der ihnen folgte, machte jede ihrer Richtungsänderungen mit. Schließlich betraten sie ein Hotel und gingen an die Bar. Auch der Mann betrat das Gebäude, setzte sich jedoch ins Foyer und wartete. Sven und Marco blieben draußen stehen, aber da die Hotelfront vollverglast war, konnten sie alles im Auge behalten, ohne selbst aufzufallen.

Einige Minuten später ging der Mann zu einer Telefonkabine hinüber, und Marco sagte: »Bleib du besser hier draußen und behalte den Eingang im Auge. Ich geh mal schnell rein. Vielleicht hör ich was.«

Zuerst wollte Sven protestieren, aber dann sah er ein, dass einer allein weniger auffällig war und er, in seinem jugendlichen Alter in der Hotelhalle herumlungernd, vielleicht noch mehr aufgefallen wäre.

Schneller als Sven es erwartet hätte, kam Marco zurück.

»Er telefoniert, aber nicht mit dem hoteleigenen Apparat, sondern in der Telefonkabine mit seinem Handy.«

»Klar, er will abgeschirmt sein, aber keine Spuren hinterlassen. Das sieht mir ganz nach Profis aus.«

»Exakt. Deshalb werden wir ihn weiterhin im Auge behalten. Wir scheinen auf eine wichtige Spur gestoßen zu sein.«

»Drum sollten wir jetzt auch unbedingt dranbleiben«, sagte Marco, »vielleicht führt er uns noch heute direkt zu seinem Boss.«

»Schön wär's«, sagte Sven gerade, da kam der Mann auch schon aus dem Hotel und ging in Richtung Kathedrale davon.

»Hoffentlich nimmt er den Bus«, meinte Marco. »Dummerweise steht Oskar immer noch in der kleinen Gasse beim Café und kommt nicht her, egal wie laut ich nach ihm rufe.«

»Oskar?«, fragte Sven irritiert.

»So heißt mein Auto«, sagte Marco grinsend.

Der Mann, den sie für einen Handlanger der eigentlichen Gangster hielten, machte es ihnen noch leichter. Er ging zwar mit schnellen Schritten, aber doch so, dass sie ihm gut folgen konnten, durch die Straßen am Rande der Altstadt und verschwand, nachdem er dreimal abgebogen war, im Hauseingang eines Vierfamilienhauses.

Die beiden Nachwuchsdetektive lichteten sofort das Klingelschild ab und überlegten, ob er hier am späten Nachmittag jemanden besuchte oder vielleicht zu Hause war. Sie beschlossen zu warten – und gegen zweiundzwanzig Uhr brachen sie ab.

Um diese Zeit war Jose Martinez von der Polizeistation Manacor, den Sven und Marco am nächsten Tag zu sprechen wünschten, schon seit einigen Stunden auf Streifendienst und fuhr zusammen mit einem Kollegen durch das Industriegebiet der Stadt. An diesem Abend war alles ruhig, verdächtig ruhig, wie Martinez fand.

Der Vierzigjährige war schon immer mit Leib und Seele Polizist gewesen. Weil wie überall auf der Welt in dem Job wegen der schlechten Bezahlung, der vielen Überstunden, der ungünstigen Arbeitszeiten und nicht zuletzt dank der permanenten Lebensgefahr, in der man schwebte, die Familien meist auf der Strecke blieben, war auch er geschieden. Allerdings noch nicht sehr lange, deshalb hatte er sich auch noch nicht wirklich daran gewöhnt, dass seine Frau mit den beiden Kindern jetzt in Palma lebte.

Aber das machte ihn nur noch ehrgeiziger, und er übernahm jede Sonderschicht, die er bekommen konnte.

»Wenn ich schon privat nichts auf die Reihe bringe, dann sollen wenigstens die Ganoven vor mir zittern«, hatte er schon oft zu seinem Kollegen gesagt, mit dem er meist den Streifenwagen teilte und den er mit seinen manchmal durchaus riskanten Alleingängen schon des Öfteren in brenzlige Situationen gebracht hatte.

Aber durch seine bedingungslose Einsatzbereitschaft hatte er auch die mit Abstand meisten Festnahmen in Bezirk Manacor zu verzeichnen. Und auf eine solche schien es einmal mehr auch an diesem Abend hinauszulaufen.

Kurz nach zweiundzwanzig Uhr, eigentlich noch recht früh in der Nacht, sagte er zu seinem Kollegen Luis Campos am Steuer: »Halt mal an, da drüben in dem Autohaus habe ich einen verdächtigen Lichtschein gesehen. Ich geh mal hin und sehe nach. Wenn da was ist, rufst du Verstärkung und kommst nach.«

»Und wenn gar nichts ist?«

»Da ist was. Der Schein einer Taschenlampe, ich habe ihn schon dreimal gesehen, da bin ich mir ganz sicher. Da sind Einbrecher drin, glaube es mir.«

»Nicht schon wieder. Okay, geh meinetwegen nachsehen, davon kann ich dich ohnehin nicht abhalten. Aber tu mir den Gefallen und komm dann erst mal zurück. Wir beobachten von hier aus das Gelände und warten auf Verstärkung.«

»Bis dahin sind die weg. Vielleicht ist es ja auch nur einer. Wenn nicht, wir aber wenigstens einen kriegen, haben wir bald alle.«

Luis ergab sich in sein Schicksal und ließ ihn schließlich davonziehen. Er sah, wie sein Kollege sich an das Gebäude heranschlich und vorsichtig durch das Fenster spähte.

Drinnen blitzte erneut der Taschenlampenschein auf, und im selben Augenblick, als er zum Funkgerät griff, um die Verstärkung herbeizurufen, hörte er seinen Kollegen rufen: »Hier spricht die Polizei! Geben Sie auf, Sie sind umstellt!«

Umstellt, dachte er noch und musste grinsen, da peitschten drei oder vier Schüsse durch die noch junge Nacht. Sein Kollege schrie so laut auf, dass es Luis durch Mark und Bein ging, dann war alles still. Der junge Beamte am Steuer des Polizeiwagens dachte an seine Frau und seine gerade einjährige Tochter und wagte erst gar nicht auszusteigen. Doch als er von fern die Martinshörner der herannahenden Kollegen hörte, rannte er schnell zu seinem Kollegen, der verkrümmt am Boden lag.

»Jose, was ist, kannst du sprechen?«, fragte er ihn. Aber in den glasigen Augen, die ihn anstarrten, war kein Leben mehr.

Erst jetzt fiel ihm auf, dass weit und breit kein Einbrecher mehr zu sehen war. Als die Kollegen in zwei weiteren Streifenwagen bei ihm eintrafen, sagte er: »Jose hat's erwischt. Seine verdammten Alleingänge. Ruft einen Notarzt, aber ich fürchte …«

Während einer der Beamten das tat, gingen die anderen in das Autohaus hinein und stellten fest, dass der oder die Einbrecher bereits das Weite gesucht hatten. Verwundert sahen sie, dass nichts durchwühlt war und auch kein zurückgelassenes Schweißgerät neben dem ordnungsgemäß verschlossenen Tresor stand. Es sah ganz so aus, als ob nie Einbrecher hier gewesen waren.

6.

Am Samstagmorgen verzichtete Sven auf das Frühstück mit der Familie und kam schon um acht Uhr auf dem Parkplatz, wo Marco wieder auf ihn wartete, an. Da der Beamte, mit dem sie sprechen wollten, um zehn Uhr Dienstbeginn hatte, wollten sie frühzeitig da sein. Sie fuhren nach Manacor hinüber, gingen dort in eine Bäckerei und kauften einige Donuts und zwei Coffee to go. Damit setzten sie sich ins Auto und warteten.

Als es wenige Minuten vor zehn war, betraten sie die Polizeiwache.

Am Publikumsschalter erkannten sie sofort den Beamten, der am Donnerstag mit ihnen gesprochen hatte, und Marco fragte: »Ist Ihr Kollege denn schon da? Kann ich jetzt mit ihm sprechen?«

»In welcher … ach, stimmt, Sie sind der junge Mann, der seinen Onkel vermisst. Haben Sie denn heute noch keine Nachrichten gehört?«

»Nein, wieso?«

»Der Kollege hat letzte Nacht einen Einbrecher gestellt und ist von diesem erschossen worden. Furchtbar. Er war sicher einer der fleißigsten Polizisten von ganz Mallorca. Gestern Abend hat er freiwillig die Schicht eines Kollegen übernommen, der … aber das interessiert Sie sicher nicht. Ist denn Ihr Onkel inzwischen wieder aufgetaucht?«

»Nein, leider nicht.«

»Ich konnte gestern Nachmittag bei Dienstbeginn noch einmal kurz mit meinem Kollegen sprechen. Er erinnert sich gut an den Herrn, der die Anzeige machte, weil er so üppiges weißes Kopfhaar hatte. Er war so ungefähr Mitte fünfzig.«

»Ja, danke«, sagte Marco und verließ mit Sven zusammen das Polizeigebäude.

»Scheiße, das war wohl nichts«, sagte er, und während sie zum Auto gingen, unterrichtete er Sven auf Deutsch, was am Vorabend geschehen war. Außerdem erzählte er ihm, was der Beamte sonst noch gesagt hatte, und schloss mit den Worten: »Wie es scheint, war Jose Banderas wirklich hier gewesen.«

Kaum hatte Marco auf dem Fahrersitz Platz genommen, zuckte er so heftig zusammen, dass Sven erschrocken fragte: »Was ist denn los? Hast du einen Geist gesehen?«

»So etwas Ähnliches.«

Marco sprang wieder aus dem Auto, zog das Foto von Jose Banderas aus der Brusttasche seines Poloshirts und sagte: »Du kannst es ja nicht wissen, da du kein Spanisch sprichst und der Unterhaltung deshalb nicht folgen konntest. Aber sieht so üppiges Kopfhaar aus?«

»Hinten ja, aber Banderas hat eine Stirnglatze«, meinte Sven.

»Mist, ich hab drinnen nur auf das weiße Haar geachtet, und das Wort üppig hätte ich beinahe überhört.«

»Du meinst ...«

»Ja, lass uns noch mal reingehen«, sagte Marco und war schon auf dem Weg zurück ins Polizeigebäude.

Als der Polizist ihn erkannte, fragte er: »Ist Ihr Onkel wieder aufgetaucht?«

»Nein, aber hat Ihr Kollege noch irgendetwas über ihn erzählt?«

»Leider nicht. Doch, halt, da fällt mir noch etwas ein. Er hatte sich … äh … ich sag's ja nicht gern, ein bisschen über ihn lustig gemacht.«

»Wie das?«

»Also ja, er hat gemeint, Ihr Onkel hätte fürchterlich geschwitzt, aber das wäre kein Wunder, wenn man bedenkt, wie dick sein Bauch ist und dass die Stufen am Eingang doch ziemlich steil sind.«

»Danke, Sie haben uns sehr geholfen«, sagte Marco fast schon triumphierend und grinste, worauf der Beamte ihn verwundert ansah. Doch statt sich zu erklären, verabschiedete sich Marco und verließ mit Sven im Schlepptau das Gebäude.

»Was war denn das?«, fragte Sven draußen. »Auch wenn ich kaum ein Wort verstanden habe, ist mir klar, dass du etwas Wichtiges erfahren hast.«

»Genauso ist es. Der Polizist sagte, er wäre dick gewesen. Sieh dir das Foto noch mal an.«

»Schon geschehen. Der Mann war alles andere als dick. Dürr trifft es schon eher.«

»Ganz genau. Das bedeutet, wer auch immer hier war, es war nicht Jose Banderas. Man hat einfach irgendjemanden im passenden Alter hierhergeschickt. Wenn man ihn nach dieser Beschreibung erkannt haben will, heißt das nichts anderes, als dass jemand in Palma mit den Gangstern unter einer Decke steckt. «

»Aber warum überhaupt ein derartiger Aufwand? Man hätte ja auch einfach behaupten können …«

»Ich denke, um dem Ganzen einen noch offizielleren Anstrich zu verpassen, wenn eine andere Polizeidienststelle die Anzeige nach Palma meldet.«

»So viele Umstände? Ich weiß nicht.«

»Du musst bedenken, dass es bereits Verdachtsmomente gab, sonst hätte man nicht von Madrid aus eine Sonderkommission installieren wollen. Aber nun ist der, der sie leiten sollte, als Helfer der Ganoven erwischt worden. Gar kein schlechter Schachzug.«

»Also auf nach Palma. Wir müssen den Mann wiederfinden, der Burkhard beschattet hat«, sagte Sven. Marco nickte und startete den Wagen.

Auf der Hotelterrasse in Cala Millor saßen unterdessen Verena, Dr. Pfannmöller und Annika beisammen. Die Zwillinge spielten im Pool. Gegen elf Uhr stieß Javier zu ihnen und erklärte, er habe es noch immer nicht geschafft, mit der zuständigen Behörde in Madrid Kontakt aufzunehmen. Immer wieder werde er von irgendwelchen kleinen Beamten, die sich viel zu wichtig nähmen, abgewimmelt.

»Burkhard, könntest du nicht über die deutsche Botschaft versuchen, mit ihnen in Kontakt zu kommen? Wenn Touristen in die Sache involviert sind, könnte man vielleicht eher hellhörig werden.«

»Hab ich schon getan. Ich habe deinen Namen als Kontaktperson angegeben. Das ist dir doch recht?«

»Genau so habe ich es mir vorgestellt.«

Annika, die noch immer recht ungehalten darüber war, dass Sven sich am Morgen wieder klammheimlich aus dem Staub gemacht hatte, sagte: »Das hätte ein so schöner Urlaub werden können, wenn sich Peter nicht immer in die Angelegenheiten anderer Leute mischen würde«, und Verena meinte: »Bist du jetzt nicht ungerecht?«

»Ja, schon … ach verdammt, ich gehe jetzt eine Runde schwimmen und kann dann gleich nach den Zwillingen sehen. Ich muss mich erst mal abreagieren. Verena, sei so lieb und halte hier so lange die Stellung.«

Kurz darauf stürmte sie von dannen, und Verena war sich klar darüber, dass ihr vor allem Svens Liebesleben, das so gar nicht nach ihren Vorstellungen verlief, zu schaffen machte. Verena kannte ihre Freundin kaum wieder, denn seit sich immer mehr herauskristallisierte, dass Svens Interesse an Frauen gegen null tendierte, war aus der sonst so liberalen und fortschrittlich denkenden Frau eine stockkonservative Hardlinerin geworden.

Sven und Marco brausten auf der gut ausgebauten Staatsstraße Palma entgegen. Als Marco bei Vilafranca de Bonany den Blinker setzte, um die Hauptstraße zu verlassen, fragte Sven: »Was ist los? Willst du mir das Kloster zeigen? Das muss absolut nicht sein, so religiös bin ich nicht.«

»Keine Sorge, ich auch nicht, wenngleich die Aussicht von dort oben grandios ist. Aber ich wollte noch schnell bei meiner Oma vorbeifahren.«

»Jetzt versteh ich gar nichts mehr. Wollten wir nicht auf dem schnellsten Weg nach Palma?«

»Deshalb will ich ja erst noch zu ihr. Oma ist eine grandiose Frau übrigens, mittlerweile schon über neunzig, aber topfit im Kopf. Sie hat, wie gesagt, als Erste gemerkt, wie ich ticke, und ihrem Schwiegersohn, meinem Vater, der übrigens beinahe so reagiert hätte wie deine Mutter, gehörig den Kopf gewaschen. Danach lief alles wunderbar.«

»Es wäre bestimmt schön, sie kennenzulernen, aber jetzt im Moment?«

»Ich will sie ja nicht nur besuchen, sondern mein Auto gegen ihres eintauschen.«

»Wie, sie fährt noch selbst?«

»Nein, seit einigen Jahren nicht mehr. Das letzte Auto meines Opas steht aber frisch gewartet, angemeldet und vollgetankt in der Garage. Sie sagt immer, das wäre das letzte Bindeglied zu ihm, damit sie ihn nicht vergisst. Mein Opa lebt jetzt schon bald fünfzehn Jahre nicht mehr. Ich kann mich auch kaum noch an ihn erinnern.«

»Und warum willst du die Autos tauschen?«

»Eine reine Vorsichtsmaßnahme. Wenn der Tod des Polizeibeamten nämlich kein missglückter Einbruch war, dann …«

»… kann es ein Mord gewesen sein, um zu verhindern, dass er mit uns spricht. Das bedeutet aber auch, dass sie wissen, wer wir sind, und diesen Wagen kennen.«

»Genau. Wenn wir nun diesen Mann vielleicht verfolgen müssen, wäre mein Auto, das ja alles andere als unauffällig ist, eher ein Hindernis.«

Der Aufenthalt bei Marcos Oma hatte dann doch um einiges länger gedauert als geplant. Die alte Dame hatte es sich nicht nehmen lassen, Kaffee und Kuchen aufzufahren, und wollte alles über Sven erfahren. Als sie um halb eins endlich wieder auf die Hauptstraße nach Palma kamen, waren sie so sattgegessen wie lange nicht mehr.

Der hochglanzpolierte rote Seat Marbella, der trotz seines beachtlichen Alters nicht mal sechzigtausend Kilometer auf dem Tacho hatte, schnurrte sanft, als er der Stadt entgegenrollte.

Sven dachte wehmütig an seine Oma, Annikas Mutter, die in Düsseldorf lebte und vor drei Jahren noch topfit gewesen war. Auch sie hatte es als Erste bemerkt[4], dass

---

4 Vgl. Die Taunus-Ermittler Band 10 – Blutiger Oktober

er nicht an Mädchen interessiert war. Jaja, die Omas. Sie wussten einfach alles. Jetzt lebte sie schon fast ein Jahr und inzwischen stark dement in diesem Altenheim.

Um sich abzulenken, fragte Sven: »Sag mal, wie alt ist das Auto eigentlich?«

»Keine Ahnung. Mein Opa hat es bestimmt schon zehn Jahre gefahren, als er starb. Fünfundzwanzig Jahre ganz bestimmt. Vermutlich noch älter, und er hat es damals gebraucht gekauft.«

Schweigend setzten sie die Fahrt fort, und es dauerte nicht mehr lange, da hatten sie die Außenbezirke, nahe dem Flughafen, erreicht.

»Wie gehen wir weiter vor, und vor allem, wo fährst du hin, Marco?«

»Wenn ich das wüsste. Immerhin ist heute Samstag. Wohnt er dort in der Nähe der Kathedrale, wo er gestern im Haus verschwunden ist? Wenn ja, arbeitet er vielleicht heute? Wenn ja, wo? Im Polizeigebäude vielleicht, von wo er gestern Dr. Pfannmöller folgte? Was meinst du, wo sollen wir anfangen?«

»Bei seinem vermeintlichen Zuhause, würde ich sagen.«

»Jetzt, am Mittag?«

»Auch wieder wahr. Also, auf zur Polizei.«

»Das ist ein Wort«, sagte Marco, setzte den Blinker und bog scharf links ab.

Nur wenige Minuten später waren sie auf dem Parkplatz der Polizeistation angekommen und blieben erst einmal im Auto sitzen. Sie wussten noch immer nicht so recht, wie sie weiter vorgehen sollten, da kam ihnen der Zufall zu Hilfe. Nur wenige Wagen von ihnen entfernt parkte eine mittelgroße Limousine ein, und genau dieser Mann, der den Typus des biederen Beamten verkörperte, stieg aus.

»Der soll ein Ganove sein?«, fragte Sven unsicher. »Gestern habe ich ihn in der ersten Euphorie gar nicht so genau angesehen.«

»Glaub mir, 'nen besseren Helfer gibt's nicht. Ein kleiner Sachbearbeiter aus dem Innendienst, der aber an die wichtigen Infos für die Ganoven kommt. Vielleicht spielsüchtig und deshalb mit Geld, Erpressung oder beidem gefügig gemacht.«

»Sollten wir dann nicht …«

»Feststellen, wo er hingeht? Ganz genau. Komm.«

Die beiden stiegen aus und folgten dem Mann, der bereits fast am Eingang angekommen war, zum Polizeigebäude. Als sie an der Portiersloge ankamen, verschwand der Mann gerade im Aufzug.

Marco und Sven wollten direkt zum Aufzug hinübergehen, aber der aufmerksame Pförtner rief ihnen etwas auf Spanisch zu, das Sven auch ohne Sprachkenntnisse als Aufforderung, stehenzubleiben, verstand.

Die jungen Männer hielten mitten in der Bewegung inne, was ganz bestimmt nicht falsch war, denn im Hintergrund sah man zwei schwerbewaffnete Security-Mitarbeiter stehen, die sofort in der Lage gewesen wären, einzugreifen. Dennoch behielt Sven den Aufzug im Auge, der laut Anzeige ins Untergeschoss gefahren war.

Marco improvisierte derweil: »Das war doch Kommissar Leon Gonzales, der eben in den Aufzug gestiegen ist?«, fragte er.

»Nein, da haben Sie sich geirrt«, erwiderte der Pförtner.

»Aber ich hab ihn doch genau erkannt.«

»Wohl kaum, denn das war Herr Alvarez aus dem Archiv.«

Aha, dachte Marco, *sehr gut. Diesen Namen habe ich auf*

den Klingelschildern gestern gelesen und abgelichtet. Dann wissen wir schon mal, wo du wohnst. Früher oder später führst du uns zu den Hintermännern.

»Ich muss aber den leitenden Kommissar sprechen«, sagte Marco und hoffte, irgendwie unauffällig den Rückzug antreten zu können, nachdem er bereits alles erfahren hatte, was er wissen wollte.

»Ich rufe ihn an. Er kommt und holt Sie hier ab«, lenkte der Pförtner nun auf einmal ein. Er hatte in Sven einen weiteren Deutschen erkannt und erinnerte sich genau an Stefans Besuch vor wenigen Tagen.

Mit dieser Reaktion hatte Marco nicht gerechnet und trat deshalb mit Sven den geordneten Rückzug an.

»Oh, ich habe es ganz vergessen, aber wir haben noch einen wichtigen Termin in der Stadt«, sagte er deshalb, und die beiden gingen, einen verwundert dreinschauenden und kopfschüttelnden Portier zurücklassend, zum Ausgang.

Draußen sagte Marco zu Sven: »Mist, ich habe gesagt, wir müssten fort. Also können wir unmöglich längere Zeit hier auf dem Parkplatz herumlungern. Aber draußen ist überall Parkverbot. Nun ja, dann müssen wir eben riskieren, dass meine Oma reihenweise Strafzettel bekommt.«

Marco fuhr mit dem Kleinwagen auf die Straße hinaus und stellte sich so, dass sie die Ausfahrt des Parkplatzes gut im Auge hatten, an den Straßenrand. Es dauerte gar nicht lange, da kam auch schon ein Verkehrspolizist auf Streife vorbei und gab Marco zu verstehen, dass er dort nicht stehen bleiben durfte. Als der Beamte dann auch noch seinen Strafzettelblock zückte, sagte Marco zu Sven: »Steig aus und beobachte die Ausfahrt. Ich fahr derweil einmal um den Block und bin gleich wieder da.«

Sven stieg aus, und Marco entschuldigte sich wortreich

bei dem Polizisten, der sich erweichen ließ und den Block wieder wegsteckte. Dann fuhr Marco schnell davon.

Sven stand auf der gegenüberliegenden Straßenseite wie auf glühenden Kohlen und fürchtete, dass Alvarez wegfahren könnte, obwohl das eigentlich nicht zu erwarten war. Dennoch geschah nach einigen Minuten genau das. Er sah von Weitem Alvarez aus dem Gebäude kommen und über den Parkplatz in Richtung seines Autos gehen.

Aufgeregt sah Sven die Straße hinunter und wartete, dass Marco auftauchte, aber der kam nicht. Zum Glück kam auch der Beamte nicht so schnell vom Hof, denn auf der Straße hatte schon der nachmittägliche dichte Berufsverkehr eingesetzt. Dann erwischte der Mann dennoch eine freie Lücke und brauste davon.

Nur wenige Sekunden später hupte es direkt neben Sven, und mit dem Bruchteil einer Sekunde Verzögerung erkannte er den Wagen von Marcos Oma.

Er sprang auf den Beifahrersitz und rief aufgeregt: »Los, fahr, da vorn ist Alvarez.«

»Ich weiß. Und ich ahne auch, wo er hinwill.«

»Wieso?«

»Du vergisst, dass ich hier zu Hause bin. Ich hab schon gesehen, dass er sich in Richtung Umgehungsstraße einordnet.«

»Das heißt?«

»Ich denke, er fährt raus aus der Stadt. Wohin, das werden wir in wenigen Minuten wissen.«

»Dann fahr endlich los, sonst verlieren wir ihn«, drängte Sven.

Marco grinste, dann ließ er den kleinen Wagen mit Vollgas nach vorn schießen und ordnete sich unter Protesten der nachfolgenden Fahrer in den Verkehr ein.

Gute zehn Minuten später war beiden klar, dass Marco recht gehabt hatte. Ihr Weg führte sie offensichtlich aus der Stadt heraus. Sie hatten die Stadtautobahn, die in einem großzügigen Bogen um die Altstadt herumführte, an der Staatsstraße Ma-11 verlassen und rollten in Richtung Sóller stadtauswärts.

»Wo will der denn hin?«, fragte Sven, und Marco, der ihm gern mehr von seiner schönen Insel gezeigt hätte, sagte: »Das weiß ich nicht. Wenn er ein Tourist wäre, würde ich sagen, zum Jardin de Alfabia. Einer wunderschönen Parkanlage, wo ich selbst öfter mal bin, wenn ich abschalten will. Oder nach Fornalutx, einem malerischen Dörfchen am Aufstieg zum Puig Major, dem höchsten Berg von Mallorca.«

Sven war beeindruckt von der Schönheit der Insel und nahm sich vor, sollte das mit ihm und Marco etwas Dauerhaftes werden, ihn so oft wie möglich hier besuchen zu kommen, um nicht nur seinen Freund, sondern auch diese Insel, die immer noch viel zu oft auf El Arenal und den Ballermann reduziert wurde, besser kennenzulernen. Sven war so sehr in seinen schönen Träumen gefangen, dass er nur am Rande bemerkt hatte, wie sie den Straßentunnel vor Sóller passiert hatten. Den Wagen vor ihnen hatte er völlig aus seinen Gedanken verloren.

Selbst Marco, der nach wie vor konzentriert die Verfolgung fortsetzte, wurde es langsam zu viel. »Sven, könntest du vielleicht mal hierher zurückkehren? Ich mache das alles schließlich für dich.«

»Äh, was? ... Ah ja, klar«, stotterte Sven, dem es ziemlich schwerfiel, sich von seinen Tagträumen loszureißen. »Ist der Wagen noch da?«

»Wo soll er denn sonst sein?«, fragte Marco einerseits ungehalten, andererseits geschmeichelt, da er ahnte, woran Sven dachte.

»Wie du siehst, haben wir inzwischen Sóller passiert und fahren hinauf in Richtung Puig Major. Es würde mich nicht wundern, wenn der Mann jetzt zu einem Treffen mit dem Gangsterboss fährt.«

»Warum?«

»Einen Ausflug wird er wohl kaum machen, und wo kann man sich am unauffälligsten treffen? Unter vielen Touristen.«

»Hast du schon eine Ahnung, wo?«

»Ja. Ich vermute ganz stark, dass er zur Bucht von Sa Calobra will. Da wimmelt es um die Zeit nur so vor Touristen. Die Abfahrt dort hinunter ist übrigens spektakulär. Auf rund zwanzig Straßenkilometern von achthundert Metern Höhe auf null runter.«

Marco schien recht zu behalten. Zwanzig Minuten später setzte der Mann vor ihnen den Blinker und bog in die Stichstraße, hinunter zum Meer, ein. Den kleinen Seat von Marco und Sven hatte er offensichtlich bislang nicht bemerkt.

Schon bald begann die Straße sich zu neigen, und die ersten Serpentinen führten nach unten. »Das ist aber noch gar nichts«, sagte Marco, »später wird's erst richtig kurvig.«

Kurz nachdem sie den Krawattenknoten passiert hatten, eine Zweihundertsiebzig-Grad-Straßenkurve, bei der die Straße unter sich selbst hindurchgeführt wird, um ein größeres Gefälle bei wenig Platz zu schaffen, passierte es. Von hinten kam ein großer Wagen mit dunkel getönten Scheiben herangeschossen und versuchte Marco zu überholen. Marco fuhr auf der nicht gerade breiten Straße langsamer und ganz an den Straßenrand, um diesem vermeintlichen

Verkehrsrowdy das Passieren zu ermöglichen. Beim dritten Versuch gelang es diesem schließlich, aber nicht ohne den Spiegel auf der Fahrerseite des kleinen Seat abzurasieren. Auch die Fahrertür bekam einige Kratzer ab. Marco hielt an und schnaufte erst einmal durch.

»Na, so was«, sagte er, dann sah er erschrocken nach unten, denn von dieser Stelle aus konnte man einen großen Teil der Strecke einsehen. Der große Wagen, der sie soeben passiert hatte, nahm Kurs auf den vor ihnen fahrenden Wagen mit Alvarez am Steuer und versuchte ganz offensichtlich, ihn zu rammen. Immer wieder kam er dicht heran und touchierte dessen Stoßstange. Dieser Alvarez schien jedoch ein guter Fahrer zu sein, denn immer wieder schaffte er es, den schlingernden Wagen auf der Straße zu halten und etwas Abstand zwischen sich und den Verfolger zu bringen. Marco hatte das beste Fernglas seines Vaters mitgebracht und starrte erschüttert auf das Szenario tief unter ihnen.

»Gib auch mal«, sagte Sven und sah nun selbst, wie Alvarez um sein Leben kämpfte. Dann waren die beiden Wagen aus ihrem Blickfeld verschwunden.

»Gleich müssten die Busse von unten wieder hinauffahren. Denn normalerweise dürfen sie vormittags nur runter und nachmittags nur rauf, weil die Straße für Begegnungen an vielen Stellen zu schmal ist. Wenn er kurz vor dem ersten Bus an die Engstelle am Aussichtspunkt Mirador de Sa Calobra kommt, hat er eine Chance zu entkommen. Denn mit Gegenverkehr ist da kein Durchkommen. Allerdings muss er den Wagen unten irgendwo stehen lassen und zu Fuß über die Berge. Eine andere Straße nach oben gibt es nicht.«

»Dann lass uns runterfahren und nachsehen.«

Marco startete den Wagen und fuhr langsam weiter in Richtung Bucht. Kurz bevor sie die Engstelle erreichten, kam ihnen der Bus und in seinem Schlepptau fünf oder sechs PKW entgegen.

»Das dürfte ihm etwas Luft verschafft haben«, sagte Marco, und als sie das steilste Stück hinter sich gebracht hatten, bog er, einer plötzlichen Eingebung folgend, an der Abzweigung in die Nachbarbucht Cala Tuent ab. Sie waren noch nicht weit gefahren, da sahen sie Alvarez' verbeulten Wagen mit offener Tür am Straßenrand stehen, aber von dem Mann selbst fehlte jede Spur.

Marco suchte mit seinem Feldstecher die Berghänge ab, aber keine Bewegung und keine Unregelmäßigkeit zeigten, dass er irgendwo in der Nähe war.

»Hoffen wir, dass er es geschafft hat«, sagte Marco, und Sven fragte: »Auch wenn er ein Gangster ist?«

»Auch dann. So etwas hat niemand verdient.«

Nach einem kurzen Blick in und um den Wagen, der keinerlei Blutspuren oder Einschusslöcher aufwies und auch sonst keinen Hinweis darauf lieferte, dass der Mann irgendwie verletzt sein könnte, stiegen Sven und Marco wieder ein und fuhren langsam in Richtung der Abzweigung zurück. Sie waren noch nicht ganz dort angekommen, da sahen sie den Wagen, der auch sie gerammt hatte, von der Sa-Calobra-Bucht heraufkommen und in die Straße zur Tuent-Bucht einbiegen.

»Jetzt werden sie bald wissen, dass er entkommen ist. Sein Glück war, dass sie vermutet hatten, er wäre nach Sa Calobra hinuntergefahren, um sich im Touristenstrom zu verstecken.«

»Machen wir, dass wir hier wegkommen, bevor die am Ende bemerken, dass wir Zeugen sein könnten.«

Das ließ sich Marco nicht zweimal sagen und gab dem armen Wägelchen die Sporen.

Er jagte ihn in Windeseile nach Palma zurück, und als sie dort angekommen waren, sagte er: »Willst du heute Nacht mit mir ausgehen? Ich kenne da …«

»Sonst gern. Aber bitte fahr mich, so schnell es geht, ins Hotel zurück, ich will noch heute Abend über alles mit Dr. Pfannmöller sprechen.«

Marco lächelte süßsauer und meinte: »Was so miserabel anfängt, kann ja eigentlich nur noch besser werden.«

Es war kurz vor sieben, als Sven im Hotel ankam. Annika und Verena, die beide wie zwei Häufchen Elend aussahen, und die Zwillinge, die ebenfalls merkten, dass das alles andere als ein normaler Urlaub war, waren gerade auf dem Weg in den Speisesaal.

»Ist Dr. Pfannmöller schon wieder da?«, fragte Sven sofort.

»Er müsste jeden Moment kommen«, sagte Verena, und Annika fügte verärgert hinzu: »Ist ja schön, dass du wenigstens mal zum Abendessen da bist. Du könntest uns wenigstens beim Nachdenken unterstützen, wie wir Peter helfen können.«

»Ich tu ja … noch viel mehr«, wollte Sven erst sagen, verschluckte dann aber den Rest des Satzes und murmelte nur: »Herzlichen Dank.«

In dem Moment kam Dr. Pfannmöller zurück.

»Endlich habe ich etwas erreicht. Die Herren aus Madrid haben mit mir gesprochen. Ich hatte Gelegenheit, ihnen zu erklären, wer ich bin, worum es geht und was mit Peter, Juan und Stefan war. Javier hat mich tatkräftig dabei unterstützt. Deshalb wollen wir uns morgen am Krankenbett von Stefan treffen. Ihr, Annika, Verena, sollt auch dabei sein. Das Krankenhaus hat einen Kinderhort, da können die Zwillinge derweil bleiben, falls nicht Sven sich bereiterklärt, sie zu beaufsichtigen.«

»Ich fürchte, Marco und ich müssen an diesem Treffen auch teilnehmen«, erklärte Sven, und nicht nur Dr. Pfannmöller sah ihn verwundert an.

Darauf erzählte Sven, wie sie die Identität des Mannes festgestellt hatten, der Dr. Pfannmöller und Javier Lopez am Vortag verfolgt hatte.

»Donnerwetter«, sagte der Anwalt und setzte hinzu: »Aber das kann auch ich den Herren erklären.«

»Was dann geschah, eher nicht«, sagte Sven und sah, wie die Augen des erfahrenen Strafverteidigers immer größer wurden.

Als er an der Stelle angekommen war, wo sie den leeren Wagen gefunden hatten, war Burkhard Pfannmöllers kurze Reaktion: »Morgen um elf Uhr sind wir verabredet. Seid bitte pünktlich.«

7.

Am nächsten Morgen, einem Sonntag, war die erste Hälfte des Urlaubs bereits vorüber. Wie die vorangegangenen versprach auch dieser Tag alles andere als ein normaler Urlaubstag zu werden. Peter im Gefängnis, Stefan im Krankenhaus, und Sven machte einmal mehr nur noch das, was er wollte. Annika war beim Frühstück wieder einmal den Tränen nahe und so verzweifelt, dass sie es sogar fast noch geschafft hätte, Verena in den Strudel aus Angst und Verzweiflung mit hineinzuziehen. Da half es auch nicht viel, dass die Zwillinge, die mit ihren sieben Jahren zwar sehr verständig waren und genau fühlten, dass so einiges im Argen lag, sich ihre Urlaubsstimmung dennoch nicht verderben ließen.

Gegen zehn Uhr brachen Verena, Annika und die Zwillinge in dem Mietwagen auf, den Peter noch organisiert hatte, denn Stefans Wagen stand noch immer in der schmalen Gasse in Son Servera, falls ihn die Polizei nicht längst hatte abschleppen lassen. Burkhard Pfannmöller war schon eine Stunde zuvor von seinem Kollegen Javier Lopez abgeholt worden, und auch Sven war gleich nach dem Frühstück zusammen mit Marco nach Palma gefahren. Dass Marco ihren Sohn zum ersten Mal direkt am Hotel abgeholt hatte, war ein zusätzlicher Schock für Annika gewesen.

Doch das alles trat in den Hintergrund, als der Wagen

mit Verena am Steuer und den quengelnden Zwillingen auf dem Rücksitz, die viel lieber allein am Pool geblieben wären, der Klinik in Palma entgegenbrauste.

Um zwanzig Minuten vor elf hatten sie es endlich geschafft. Die Zwillinge wollten partout nicht in den Kinderhort der Klinik gehen, wo außer ihnen noch einige andere Kinder verschiedener Nationen, deren Eltern im Urlaub verunglückt waren, auf Angehörige warteten. Sie hatten darauf bestanden, nun auch ihren Vater besuchen zu dürfen. Deshalb hatte Verena sie kurzerhand mit zu dem Treffen genommen, das im Flur vor der Station, wo es eine Sitzgruppe für Patienten und ihre Besucher gab, stattfinden sollte. Als sie dort ankamen, sahen sie schon von Weitem, dass zwei Polizisten den Bereich weiträumig absperrten und andere Leute, die dort auch hatten sitzen wollen, auf später vertrösteten. In der Sitzgruppe Platz genommen hatten bereits Stefan, Dr. Pfannmöller, sein Kollege Javier Lopez und zwei Herren in dunklen Anzügen. Vermutlich waren das die angekündigten hochrangigen Beamten aus dem spanischen Innenministerium.

Als die beiden Frauen mit den Zwillingen um die Ecke kamen, fing Verena den verärgerten Blick von einem der Männer auf, der seine Missbilligung deutlich ausdrückte, während der andere die vier freundlich anlächelte. Burkhard Pfannmöller stellte alle einander vor, und zu ihrer Überraschung sprachen beide Beamte hervorragend Deutsch.

Sofort rannten die Zwillinge zu ihrem Vater hinüber und fielen ihm mit lauten »Papa, Papa«-Rufen um den Hals.

»Könnten wir endlich zur Sache kommen?«, fragte der eine Beamte, offenbar der Wortführer der beiden, ungehalten, während der andere beschwichtigend meinte: »Die beiden haben ihren Vater einige Tage lang nicht gesehen. Lass sie doch. Ich bin übrigens Francisco Esteban, mein Vorgesetzter heißt Pedro Delgado.«

Dann erzählte Dr. Pfannmöller unterstützt von Javier Lopez, der übersetzte, wenn es nötig war, was in den letzten Tagen geschehen war.

Als er geendet hatte, sagte der erste Beamte: »So weit, so gut. Dass man Kommissar Hernandez eine Falle gestellt hat, vermuten auch wir, und dass der Angriff auf Sie, Herr Weimershaus, kein gewöhnlicher Raubüberfall war, ist uns ebenfalls klar. Aber wo bleiben die sensationellen neuen Erkenntnisse, die Sie uns angekündigt haben?«

In dem Augenblick betraten Sven und Marco den Flur. Bevor sie sich der Sitzgruppe nähern konnten, waren die beiden uniformierten Polizisten zur Stelle und wollten die jungen Leute abwimmeln. Aber Dr. Pfannmöller sagte: »Das sind die neuen Erkenntnisse, das heißt, die zwei, die sie beisteuern können.«

»Das sind doch fast noch Kinder, was sollen …«, sagte der höherrangige der Beamten, aber sein Untergebener fiel ihm ins Wort: »Warte es doch erst einmal ab«, und fragte dann: »Wer sind Sie denn?«

Dr. Pfannmöller übernahm es abermals, sie vorzustellen: »Der Jüngere ist Sven Stettner, der Stiefsohn des verhafteten Peter Stettner, und der andere ist Marco Ferreira.«

Während Pedro Delgado auf weitere Erklärungen wartete, fragte Francisco Esteban nachdenklich: »Ferreira … Ferreira, haben Sie etwas mit dem Fernsehjournalisten Hermann Ferreira zu tun?«

»Das ist mein Vater.«

»Hermann Ferreira ist mit Peter Stettner schon seit vielen

Jahren bekannt«, erklärte Burkhard, verschwieg aber, dass seit den achtziger Jahren kein Kontakt bestand. Trotzdem wurde der Zusammenhang so für die Beamten um einiges verständlicher. Nachdem sie Sven und seinen Freund neugierig und aufmunternd ansahen, begann Marco zu erzählen, wie es kam, dass sie sich in die Ermittlungen schon vor Peters Verhaftung eingeschaltet hatten.

»Amateure, Dilettanten, Grünschnäbel«, murmelte der Beamte so leise, dass es außer Marco keiner hörte, der fast schon trotzig fortfuhr zu berichten, was sie bei der Polizei in Manacor erfahren hatten. Als er bei der Schilderung, dass der Beamte, noch bevor sie mit ihm sprechen konnten, bei einer Schießerei ums Leben gekommen war, sagte Delgado grinsend: »Das mit der Schießerei haben wir gehört. Sie meinen also allen Ernstes, man hätte einen Mord begangen, um das Gespräch mit Ihnen zu verhindern? Meinen Sie nicht, dass Sie sich ein ganz kleines bisschen zu wichtig nehmen? Und außerdem, wie kommen Sie dazu, in unserer Ermittlung herumzupfuschen?«

»Ich will Journalismus studieren wie mein Vater«, sagte Marco, um nach kurzem Zögern hinzuzufügen: »Außerdem liebe ich Sven.«

Spätestens jetzt war er bei Herrn Delgado vollkommen untendurch, sein Blick bekam etwas Verächtliches, und er sagte: »Das war mir neu, ist aber alles andere als eine Sensation. Gibt's sonst noch was zu berichten, oder haben wir hier nur mal wieder unsere wertvolle Zeit verschwendet?«

»Ja, wir haben einen Mann verfolgt, der Dr. Pfannmöller beobachtet hat«, sagte nun Sven und holte sein Handy aus der Tasche. Er hatte den Mann, der Alvarez hieß, abgelichtet und zeigte den Beamten das Bild.

Statt der erwarteten Anerkennung musste Sven sehen,

wie sich ein noch breiteres Grinsen im Gesicht von Pedro Delgado breitmachte und selbst Francisco Esteban eher enttäuscht dreinschaute. Dann begann Delgado sogar lauthals zu lachen.

Zuerst starrten ihn alle entgeistert an, doch als er sich wieder beruhigt hatte, sagte er beinahe triumphierend: »Wissen Sie, wen Sie da beschattet haben? Einen Mann von uns. Wir haben ihn als korrupten Beamten aufgebaut und hierher strafversetzen lassen. Wir haben ihn so der Organisation als Helfer angeboten, und es scheint geklappt zu haben. Gestern wollte er sich mit einem Hochrangigen von ihnen treffen. Sie sehen, außer Spesen nichts gewesen.«

»Wir können ihn seit gestern nicht mehr erreichen«, wagte Esteban einen Einwurf, aber sein Vorgesetzter bügelte ihn mit den Worten ab: »Wenn es geklappt hat, ist erst mal Funkstille, so war es vereinbart.«

»Aber er hätte …«

»Nichts hätte er, basta.«

»Ich denke, es hat nicht geklappt, und er ist in Bedrängnis«, sagte nun Marco, und gemeinsam mit Sven schilderte er, was sie am Vorabend beobachtet hatten. Als sie bei der Beschreibung des verlassenen Wagens angekommen waren, verstummten sogar die gemurmelten Kommentare von Delgado, und der andere sagte: »Danke, das waren sehr wichtige Informationen für uns. Ich fürchte, unser Mann ist aufgeflogen.«

Und an Dr. Pfannmöller gewandt, meinte er: »Danke, dass Sie so hartnäckig geblieben sind, um uns zu erreichen.«

»Das bin ich vor allem meinem Freund Peter Stettner schuldig, der ohne jede Schuld in diese Sache hineingezogen wurde.«

»Schon klar.«

Dann verabschiedeten sich die Beamten, und während der Höhere sich irgendwie in seiner Eitelkeit als Superbulle gekränkt zu fühlen schien, war sein Untergebener sichtlich dankbar für die Hinweise, die sie erhalten hatten. Pedro Delgado stand jedenfalls auf und stürmte davon, während sich Francisco Esteban noch einmal zu Marco und Sven umdrehte, ihnen eine Karte überreichte und sagte: »Danke, das war gute Arbeit. Sollte sich etwas Neues ergeben, können Sie mich jederzeit anrufen. Ich rufe auf jeden Fall zurück.«

Als die beiden Beamten gegangen waren, hielt es die Zwillinge nicht mehr in ihren Sesseln, auf denen sie schon in den letzten Minuten immer unruhiger hin und her gerutscht waren. Sie rannten zu ihrem Vater und wollten ihn mit sich fortziehen.

»Wann gibt's denn was zu essen?«, fragten sie dabei.

Statt zu antworten, sagte Stefan: »Au!«, nahm seinen Gehstock und sagte in die Runde: »Es tut noch verdammt weh. Ich schlage vor, ich schleppe mich mit euch nach unten in die Cafeteria, und wir sehen nach, ob wir noch etwas bekommen. Es ist schließlich spät genug.«

»Wann kommst du denn hier endlich raus, morgen?«, fragte Verena.

»Wie es aussieht, übermorgen. Morgen ist der Chefarzt nicht da, und er möchte die Abschlussuntersuchung gern selbst machen, hat er gesagt. Wahrscheinlich haben das die Beamten angeordnet, um mich vom Ermitteln abzuhalten«, sagte Stefan lachend und die anderen schauten ihn verwundert an, denn es war nicht zu erkennen, wie ernst das gemeint war. Dann humpelte er voraus.

Nach dem Mittagessen hatten sich Marco und Sven schnell abgesetzt und die anderen in der Cafeteria zurückgelassen.

»Bis jetzt hast du noch gar nichts von deinem Urlaub gehabt«, sagte Marco. »Für den Rest des Tages soll das anders sein. Was meinst du wohl, warum ich gesagt habe, du sollst deine Badehose drunterziehen?«

»Strand?«

»Genau, Strand. Wir fahren in eine einsame Bucht.«

»So was gibt's hier noch?«

»Nicht mehr sehr viele, aber wenn man sich auskennt …«

Als sie eine gute halbe Stunde später ihre Decken an dem tatsächlich nur von wenigen Menschen besuchten Strandabschnitt, etwa zehn Kilometer hinter El Arenal, ausbreiteten, fragte Sven: »Marco, gehst du eigentlich öfters mal mit irgendwelchen Jungs hierher, oder vielleicht sogar mit deinem Freund?«

»Eifersüchtig?«, fragte Marco grinsend, um dann fortzufahren: »Einen Freund hatte ich schon seit zwei, nein, drei Jahren nicht mehr, seit ich kurz vor dem Abitur stand. Ich musste lernen und hatte wenig Zeit, das hat mein damaliger Freund nicht verstanden. Seitdem war der Wurm drin; bis jetzt. Andere Jungs gab's nur selten, und hier war ich mit keinem von ihnen. – Wollen wir ins Wasser?«

»Ach, lass uns erst ein bisschen träumen«, sagte Sven. Dann legte er sich auf der Decke zurück und schielte zu Marco hinüber. Rundum glücklich stellte er fest, dass dieser in der Badehose eine noch bessere Figur machte als in Straßenkleidung.

Später gingen sie schwimmen, und als sie aus dem Wasser stiegen, war es schon achtzehn Uhr durch.

»Wollen wir heute in diese Bar gehen, von der ich dir gestern erzählt habe?«

»Du, ich bin inzwischen ziemlich blank.«

»Da gibt's die beste Live-Musik und die besten Cocktails in der Stadt.«

»Dann macht das noch weniger Spaß. Ich trinke Cocktails für mein Leben gern und könnte mir nicht mal einen mehr leisten.«

»Wenn's weiter nichts ist, dem kann abgeholfen werden. Meine Oma hat mir gestern hundert Euro zugesteckt, ich soll dich mal schön einladen, hat sie gesagt.«

»Und das, obwohl wir ihr Auto zu Schrott gefahren haben?«

»Für was gibt's Roberto, hat sie gesagt – das ist der Mechaniker im Dorf. Komm, lass uns mal richtig was losmachen, die Bar hat bis sechs Uhr am Morgen auf. Die kennen mich da, deshalb sagt keiner was, dass dir noch drei Monate zum achtzehnten Geburtstag fehlen.«

»Oje, Mutti wird mal wieder ganz schön sauer sein, wenn ich erst am Morgen heimkomme, aber was soll's.«

Als sie bei der Bar ankamen, die in einem gepflegten, aber wenig attraktiven Haus in einem eher biederen Stadtviertel lag, war es fast acht Uhr. Innen erwies sich der Laden dann aber als echter Geheimtipp. Urgemütlich, mit einer aufmerksamen Bedienung und nicht zuletzt einem Musikangebot, das sich sehen lassen konnte. Das Beste aber war, dass sie noch nicht ganz so überlaufen war wie ihre angesagten Konkurrenten, die sich fast alle zwischen der Plaça Major und der Kathedrale befanden.

Sven und Marco betraten den Gastraum, in dem nicht allzu dicht gedrängt gemütliche Sitzgruppen standen. Sie ließen sich in einer der bequemen Sessellandschaften nieder, bestellten zwei Caipirinha XXL und lauschten der Musikgruppe, die gerade damit begonnen hatte, sich für den Abend einzuspielen. Oldies aus sechs Jahrzehnten hieß ihr Motto für diesen Abend.

Der Kellner, der ihnen ihre Cocktails brachte, begrüßte Marco wie einen alten Freund, und Sven fragte grinsend: »Na, du scheinst hier wirklich Stammgast zu sein.«

»So oft auch wieder nicht. So zwei, drei Mal im Monat vielleicht.«

»Ich hab schon gedacht, das wär 'ne …«

»Schwulenbar?«

»Ja.«

»Nein, aber das Publikum hier ist gemischt. Offen für alle und jeden.«

In dem Moment setzte die Musik wieder ein, die Gruppe spielte den Sechziger-Jahre-Hit, *The Letter* von den Box Tops, und die kleine Tanzfläche, die aber nur eine untergeordnete Rolle in dem Lokal spielte, war noch ziemlich leer.

Marco hob sein Glas, sagte: »Trinken wir auf einen schönen Abend«, und wollte den stylishen Metallstrohhalm zum Mund führen, als er mitten in der Bewegung innehielt. »Verdammt, siehst du den Typen da drüben?«

»Wen?«, fragte Sven, der ganz mit seinem Cocktail beschäftigt war, und stellte das Glas verwundert ab.

»Na, den da, hinter der Tanzfläche, das ist doch dieser Alvarez – oder täusche ich mich?«

Sven sah durch das Dämmerlicht der Bar in die von Marco angegebene Richtung, und nur wenige Augenblicke später hatte auch er den Mann, der allein in einer Sitzgruppe in einer Nische saß, entdeckt.

»Was macht denn der hier?«

»Keine Ahnung, aber das können wir herausbekommen. Sollen wir?«

»Klar doch.«

Da noch einige Tische in der Nähe des Mannes frei waren, setzten sich Sven und Marco so um, dass sie Alvarez zwar sehen konnten, aber von ihm nicht bemerkt wurden.

»Sollen wir versuchen, seine Kollegen zu erreichen?«, fragte Sven, aber Marco meinte: »Warten wir erst einmal ab. Ich vermute, er hat sie längst verständigt, sonst würde er es nicht wagen, sich ohne Rückendeckung in der Öffentlichkeit zu zeigen. Stell dir vor, er hat sich längst mit ihnen abgesprochen, und wir mischen uns in eine ihrer Aktionen. Dann würde auch der eine, der uns halbwegs ernst genommen hat, das nicht mehr tun.«

Sven war nicht so ganz von Marcos Theorie überzeugt. »Aber irgendwas müssen wir doch tun, oder?«

»Wir behalten ihn im Auge, und wenn wir den Eindruck gewinnen, etwas stimmt nicht, dann können wir immer noch Kontakt mit den Beamten aufnehmen.«

Marco hatte den Satz noch nicht richtig beendet, da läutete Alvarez' Mobiltelefon. Er hielt es ans Ohr und lauschte, verstand aber offensichtlich nichts.

»Ach, jetzt müsste ich Peters Supergehör haben«, sagte Sven, »der hätte vielleicht sogar verstanden, was Alvarez geantwortet hat.«

Dann erzählte er Marco von Peters früherer Gabe, sein Ohr so auszurichten, dass er über mehrere Tische hinweg Gesprächen folgen konnte. Gerade als er davon erzählte, dass Peter nach einer Mittelohrentzündung vor einem Jahr diese Gabe weitgehend verloren hatte, bemerkte er, dass Alvarez seinen Platz verlassen hatte.

»Verdammt, wo ist er hin?«

»Vermutlich in Ruhe telefonieren. Ich schau mal auf der Toilette nach, sieh du dich hier und im Eingangsbereich um.«

Sven war einverstanden, und während Marco in Richtung Toilette verschwand, schlenderte er zum Eingang hinüber. Wer ihn so sah, wäre nie auf die Idee gekommen, dass er systematisch den ganzen Raum absuchte. Auf der Bühne hatte sich die Musikgruppe inzwischen durch die Siebziger- und Achtzigerjahre in die Neunziger vorgearbeitet und spielten gerade täuschend echt den Song *Lemon Tree* von Fools Garden aus dem Jahr 1996, was Sven und Marco unter anderen Umständen sicher begeistert hätte. Schließlich liebten beide Oldies, und das war einer ihrer erklärten Lieblingssongs. So hörte Sven aber kaum hin und verließ kurz darauf das Lokal. Glücklicherweise hatte er, obwohl er Nichtraucher war, oftmals eine Schachtel Zigaretten einstecken, das half beim Leute-Kennenlernen ungemein. Außerdem machten Peter und Stefan das beim Ermitteln auch, wenn sie unauffällig irgendwo stehen bleiben wollten. Nun kam es auch ihm zugute. Während er vor dem Lokal auf und ab ging, konnte er so tun, als rauchte er eine, und dabei den Parkplatz beobachten. Er zündete eine Zigarette an und schob sie in den Mundwinkel, achtete dabei aber peinlich genau darauf, nicht zu inhalieren. Schließlich durfte er nicht anfangen zu husten und so die Aufmerksamkeit der anderen Leute auf sich ziehen.

Genau in dem Moment, da er abbrechen wollte, sah er Alvarez an einen Wagen gelehnt in einer dunklen Ecke stehen. Er schlich sich unauffällig dichter heran und lauschte.

»... warum denn das?«, hörte er Alvarez auf Englisch sagen und dann eine ganze Weile lang nichts. Er glaubte schon, das Gespräch sei beendet, da fragte Alvarez noch immer in englischer Sprache: »Warum kommt ihr nicht her? Das ist mir zu riskant.« Dann hörte er wieder eine ganze Weile lang zu, und schließlich sagte er: »Also gut, ich komme. In einer halben Stunde an der Plaça de la Seu.«

Gerade als Sven sich umwenden wollte, um zurück ins Lokal zu gehen, legte sich eine Hand auf seine Schulter. Sven erschrak und fuhr herum. Dabei blickte er genau in die Augen des Parkplatzwächters.

Der sagte etwas auf Spanisch zu ihm, was Sven nicht verstand, aber soviel er der Gestik des anderen entnehmen konnte, hielt der ihn für einen Autodieb.

In dem Moment kam Marco hinzu. Er erklärte dem verblüfften Wächter, dass Sven, ein Tourist aus Deutschland, mit ihm da wäre und bestimmt niemand sei, der hier Autos stehlen wolle. Er brauchte eine ganze Weile, um den Mann, den er von seinen Besuchen hier kannte, zu überzeugen, aber schließlich hatte er es geschafft. Der Wächter, der seinen Job sehr ernst nahm und wegen der überhandnehmenden Autodiebstähle eingestellt worden war, ließ Sven los und ging davon.

Erst jetzt konnte Sven sich in Richtung Alvarez umdrehen und sagte: »Verdammt, jetzt ist der ja schon wieder fort.«

Dann erzählte er Marco, was er erfahren hatte, und schloss mit den Worten: »Gut, dass ich ziemlich gut Englisch spreche. Jetzt wissen wir wenigstens, dass er seine Vorgesetzten doch noch erreicht hat. Du hattest recht.«

Aber genau davon war Marco jetzt nicht mehr überzeugt.

»Nein, Alvarez hat recht; da ist was faul. Ein Treffen hier im Lokal wäre nicht halb so riskant gewesen.«

»Aber er hat doch offensichtlich mit seinen Vorgesetzten gesprochen.«

»Jetzt weiß ich wieder, was ich die Beamten im Krankenhaus noch fragen wollte. Ob sie Alvarez persönlich kennen oder ob der Kontakt bisher eher indirekt war.«

»Ach, du meinst, an der Stimme hätte er seine Kollegen vielleicht gar nicht erkennen können? Aber wäre dann ein solches Treffen nicht viel zu riskant, weil lebensgefährlich? Das hätte Alvarez doch nie riskiert.«

»Genau. Er muss noch einen anderen Hinweis bekommen haben, dass er wirklich seine Kollegen am anderen Ende der Leitung hat. Ein spezielles Codewort oder auch die geheime Nummer im Display. Da diese Verbrecher aber verdammt gut organisiert sind, dürfte es für sie kein allzu großes Problem darstellen, beides in Erfahrung zu bringen. Gerade vorletzte Woche hatte ich mit meinem Vater ein Gespräch zu dem Thema, er hat kürzlich zu einem Umweltskandal in Barcelona recherchiert, wo ganz ähnliche Methoden zum Einsatz gekommen waren.«

»Dann nichts wie los«, sagte Sven, folgte Marco hinüber zu seinem Wagen, und die beiden stiegen ein.

Keine zwanzig Minuten später, Mitternacht war inzwischen längst vorbei, waren sie ganz in der Nähe des kleinen Platzes hinter der Kathedrale von Palma angekommen. Sven sah sofort den Wagen, mit dem Alvarez unterwegs gewesen war, aber von dem Undercover-Beamten war keine Spur zu sehen.

»Jetzt ist es aber wirklich an der Zeit, diesen Esteban oder seinen Kollegen zu erreichen, machst du das? Ich sehe mich derweil mal ganz vorsichtig auf dem Platz um.«

Er hatte kaum ausgesprochen, da schlich er sich auch schon im Schutz der Häuserschatten davon. Unter anderen Umständen hätte Sven sich vielleicht darüber geärgert, dass Marco so offensichtlich die Führung übernahm, es als Bevormundung empfunden, aber in diesem Fall glaubte er zu spüren, dass sein Freund ihm nur den gefährlicheren Part abnehmen wollte.

Also nahm er sein Mobiltelefon und wählte die Nummer, die der Beamte ihm im Krankenhaus überreicht hatte. Aber niemand ging dran. Da auch von Marco nichts zu sehen und zu hören war, wurde Sven nun langsam unruhig.

Ich fürchte, die Sache fängt uns nun doch an über den Kopf zu wachsen, dachte er gerade, da kam Marco zurück.

»Ich hab lange gebraucht, ihn zu finden«, sagte er, »er steht gut verborgen in einer Mauernische und wartet. Und irgendwie habe ich das Gefühl, vergeblich. Aber warum hat man ihn dann hierherbestellt?«

»Keine Ahnung. Ich blicke ohnehin so langsam nicht mehr durch. Außerdem habe ich niemanden erreicht. Was machen wir jetzt?«

»Frag mich was Leichteres. Eigentlich könnten wir nach Hause fahren, der Abend in der Bar ist sowieso Geschichte.«

»Schade, er hatte so schön begonnen«, sagte Sven gerade, und Marco warf einen letzten Blick um die Ecke auf den Platz, als er sah, dass an Alvarez' Wagen die Lichter angingen.

»Auch er hat abgebrochen. Er fährt heim.«

»In seine Wohnung? Da kann er sich doch eigentlich nicht mehr blicken lassen. Sollten wir ihm nicht folgen und sehen, wo er untergekommen ist? Vielleicht können wir das den Beamten mitteilen, falls sie es nicht bereits wissen.«

»Nicht mal schlecht. Du hast wirklich Talent dazu, Detektiv zu werden.«

»Meinst du?«, fragte Sven gerade, da brauste Alvarez an ihnen vorbei.

Ganz wie die beiden jungen Männer es erwartet hatten, nahm er nicht den Weg zu seiner Wohnung, sondern bog in die Gegenrichtung ab. Sven und Marco nahmen die Verfolgung auf und hatten alle Mühe, in der nächtlich stillen Zeit, es ging immerhin auf zwei Uhr zu, dem anderen nicht aufzufallen. Sie mussten sehr viel Abstand halten und glaubten einmal sogar, ihn verloren zu haben, als er unvermutet abbog und Marco über eine rote Ampel fahren musste, um dranzubleiben.

Im Hotel in Cala Millor war Annikas Stimmung auf dem Nullpunkt angekommen. Auf der einen Seite Peter in Untersuchungshaft, ohne dass sie wusste, wie es weitergehen würde, auf der anderen Seite Sven, der nur noch machte, was er wollte. Selbst Dr. Pfannmöller war längst nicht so optimistisch, wie es sonst seine Art war. Ihm und Javier Lopez wurden von der örtlichen Polizei immer wieder Knüppel zwischen die Beine geworfen – zumindest empfand Annika es so.

In ihrer Verzweiflung hatte sie Verena gebeten, sobald die Zwillinge schliefen, zu ihr zu kommen, um noch eine Flasche Wein mit ihr zu trinken – auf dem Zimmer, da sie fürchtete, an der Bar in Tränen auszubrechen.

Als Verena gegen elf Uhr vor ihrer Zimmertür stand, empfing sie die Freundin mit den Worten: »Komm rein, es ist alles so furchtbar. Ich habe keine Ahnung, wie das alles weitergehen soll. Mach schon mal den Wein auf; um das alles zu ertragen, brauche ich heute, glaub ich, eine ordentliche Dröhnung. Und ausgerechnet jetzt, wo ich seine Hilfe wirklich brauchen könnte, turnt Sven mit diesem … diesem, äh … Marco zusammen fröhlich durch die Betten.«

Verena merkte, dass Annika den Tränen nahe war, legte ihr die Hand auf die Schulter und sagte: »Dr. Pfannmöller wird Onkel Peter ganz bestimmt freibekommen.« Onkel Peter, so hatte sie ihn schon seit Jahren nicht mehr genannt.

»Dein Wort in Gottes Ohr, ich habe keine Ahnung, wie

er das schaffen soll. Dabei hatte alles so schön angefangen. An unserem ersten Abend hier hatte ich fast so etwas wie das Gefühl, in eine zweite Heimat zurückzukommen, nach all den Jahren, die ich früher hier gelebt habe.«

Als Annika sich etwas beruhigt zu haben schien, glaubte Verena, es wäre der richtige Zeitpunkt, eine Lanze für Sven zu brechen. »Annika, du solltest Sven nicht böse sein. Ich glaube, er hat sich ernsthaft in Marco verliebt. Lass ihm doch sein Glück.«

»Mit dem Kopf weiß ich ja, dass du recht hast. Aber das Herz spielt nicht so recht mit. Ich hatte mir die Zukunft so schön ausgemalt. Svens Hochzeit, eine Schwiegertochter, Enkel und so weiter. Und außerdem hast du leicht reden. Du bist nicht in dieser Lage. Stell dir aber mal vor, eines von deinen Mädchen, oder am Ende sogar beide würden dir eines Tages eröffnen, sie wären lesbisch.«

»Das wäre nicht leicht, da gebe ich dir recht. Ich hoffe, ich würde anders reagieren, denn genau das ist ja der Knackpunkt, Annika. Entschuldige bitte, wenn ich dich kritisiere, aber unter Freunden muss das möglich sein. Ich fürchte, du stellst damit deine Interessen über die deines Sohnes.«

Annika sah ihre Freundin zuerst entgeistert an, öffnete den Mund, um etwas zu entgegnen, wurde dann aber nachdenklich und sagte erst einmal nichts.

Verena glaubte, das sei eine gute Gelegenheit, noch etwas zu Svens Unterstützung zu tun, und sagte: »Außerdem glaube ich nicht, dass Sven und Marco heute Nacht, wie du es ausdrückst, durch die Betten turnen. Ich glaube vielmehr, sie sind unterwegs, um entlastendes Material für Peter zu sammeln.«

Da hatte sie aber etwas gesagt.

Augenblicklich riss Annika die Augen auf und starrte Verena entgeistert an. Dann brach sie heftig in Tränen aus und jammerte: »O Gott, das ist ja noch schlimmer! Wenn ihm am Ende auch noch etwas passiert, das halte ich nicht aus!«

Danach war mit Annika nicht ein vernünftiges Wort mehr zu reden. Sie leerte die Rotweinflasche zu zwei Dritteln allein, und auch bei der nächsten, die sie schneller entkorkt hatte, als Verena sie davon abhalten konnte, hatte ihre Freundin kaum noch eine Chance, davon etwas abzubekommen.

Auch deshalb blieb sie so lange bei ihr, um sie vor eventuellen weiteren Dummheiten zu bewahren, bis Annika in voller Montur, quer im Bett liegend, endlich eingeschlafen war.

Als Verena hundemüde in ihr Zimmer zurückschlich und nicht einmal mehr die Kraft fand, darüber nachzudenken, wie es Stefan im Krankenhaus wohl erging, zeigte ihr Reisewecker auf dem Nachttisch bereits halb fünf Uhr an.

8.

»Entweder rechnet er damit, dass er verfolgt wird«, sagte Marco gerade, als der Wagen von Alvarez erneut unerwartet die Richtung änderte, »oder er hat uns bemerkt.«

»Hoffentlich nicht«, meinte Sven. »Aber wo zum Teufel will der hin? Wir sind jetzt bald durch die ganze Stadt gefahren. Wo kommen wir hier eigentlich raus?«

»Bis vor einigen Minuten hatte ich keine Ahnung. Er fuhr kreuz und quer ohne jeden Sinn durch die Stadt. Aber jetzt glaube ich zu wissen, wo er hinwill.«

»Wohin denn?«

»Hinauf zum Castell de Bellver, einer alten Festungsanlage hoch über der Stadt.«

»Wie kommst du darauf, und was will er da?«

»Wir kommen gleich an die Auffahrtsrampe, und ich vermute, dass man ihn dort hinbestellt hat.«

»Seine Kollegen? Das macht in meinen Augen aber wenig Sinn. Da oben wird es ziemlich einsam sein, oder?«

»Du hast recht, seine Kollegen ganz bestimmt nicht. Und dass es jetzt da oben ziemlich einsam sein dürfte, kommt seinen Gegnern wohl gerade recht. Man wird ihn auf unauffällige Weise beseitigen und den Zeitpunkt des Überfalls verschleiern wollen.«

»Wie soll denn das gehen?«

»Dazu musst du wissen, dass man von da oben einen

grandiosen Ausblick auf die Stadt und den Hafen hat. Liebespaare nutzen das, um romantische Stunden zu verbringen. Manchmal feiern allerdings auch Rockergangs da oben auf dem Parkplatz wilde, ausgelassene Partys. Solange sie sonst nichts anrichten, lässt die Polizei sie in Ruhe. Da stören sie weniger, als wenn sie die Stadt unsicher machen. Aber so gegen zwei wird's oftmals selbst dann da oben ruhig, verdammt ruhig sogar. Ich vermute, man wird die Tat den Rockern in die Schuhe schieben. Seine Gegner werden ihn da oben zusammendreschen, gerade so, als sei er mit einer feiernden Rockergang zusammengestoßen, und dann liegenlassen. Irgendwann in den frühen Morgenstunden, wenn alle Täter ein bombenfestes Alibi haben, wird er, gerade erst verstorben, gefunden werden. Außer dass er schon länger mit schwersten Verletzungen da gelegen haben muss, wird man nichts mehr feststellen können. Perfekt, oder?«

In dem Augenblick waren sie fast oben angekommen, und Alvarez vor ihnen hielt an. Er wendete seinen Wagen und parkte ihn bergabwärts am Straßenrand.

»Er scheint auch etwas zu ahnen, jedenfalls traut er dem Frieden nicht«, sagte Sven, und Marco nickte stumm.

Da sie die letzten hundert Meter ohne Licht gefahren waren und nun auf einem vollkommen dunklen Abschnitt der Zufahrt zum Castell einfach auf der Straße stehen geblieben waren, hatte Alvarez sie nicht bemerkt.

»Ist vielleicht auch besser so. Er kennt uns nicht und kann uns in keiner Weise einordnen. Bevor er abrauscht und wieder untertaucht, halten wir uns lieber im Hintergrund, um notfalls einzugreifen.«

»Einzugreifen?«, fragte Sven erschrocken und bewunderte Marco umso mehr, der eine solche Möglichkeit von vornherein einzukalkulieren schien.

»Keine Angst, ich habe nicht vor, mich mit den Gangstern zu duellieren«, sagte Marco denn auch prompt, »und auch auf eine Prügelei lasse ich mich ganz bestimmt nicht ein. Vielleicht reicht es im Notfall ja schon, Präsenz zu zeigen. Das kenn ich so aus den Erzählungen meines Vaters. Er war schon verschiedentlich in brenzligen Situationen. – Versuch doch bitte noch mal, die Beamten zu erreichen. Falls du sie wieder nicht kriegst, probiere es in Zehn-Minuten-Intervallen weiter.«

Sven tat, worum Marco ihn gebeten hatte, und Marco beobachtete angestrengt die Straße, die trotz zweier armseliger Funzeln von Straßenlaternen und dank der inzwischen abgeschalteten Beleuchtung des Castells in fast völliger Dunkelheit vor ihnen lag. Jedes weitere Gespräch zwischen ihnen war verstummt.

Soweit Marco es erkennen konnte, saß Alvarez noch im Wagen. Er war bislang nicht ausgestiegen. Also musste irgendetwas an dem Telefonat ihm so verdächtig vorgekommen sein, dass er der Sache nicht traute. Zugleich schien er etwas so Gravierendes herausgefunden haben, dass man ihn beseitigen musste, koste es, was es wolle.

Inzwischen war es fast vier Uhr, und der Mann saß noch immer wie festgewurzelt in seinem Wagen. Doch plötzlich stieg er aus. Soweit man das in der sich ihrem Ende zuneigenden Nacht überhaupt erkennen konnte, sah er sich vorsichtig um, bevor er die letzten Meter der ansteigenden Zufahrtsstraße zum Parkplatz ging. Kurz bevor er an die letzte Biegung kam und aus Sven und Marcos Blickfeld verschwand, blieb er stehen und sah sich vorsichtig nach allen Seiten um. Aber es blieb alles ruhig, und so ging er nach einer kurzen Weile weiter.

»Wenn er der Sache nicht traut, warum macht er nicht,

dass er auf dem schnellsten Weg hier wegkommt?«, fragte Sven.

»Mein Vater würde jetzt sagen: Vermutlich ist er so dicht dran, dass er einfach nicht aufgeben kann.«

»Hmmm …«, brummte Sven, und es war nicht recht klar, was er damit meinte. Dann probierte er bestimmt zum siebten Mal, seit sie hier standen, die Madrider Beamten zu erreichen. Ohne jeden Erfolg.

Er hatte den Versuch gerade beendet, da hörten sie einen markerschütternden Schrei vom Parkplatz her.

»Verdammt«, sagte Marco und startete, ohne recht zu wissen, was er tun sollte, seinen Wagen. Er schaltete die Scheinwerfer ein, das Fernlicht dazu und rollte los. Sie waren etwa zweihundert Meter gefahren und konnten nun den ganzen Parkplatz überblicken, da sahen sie die vier vermummten Gestalten. Sie hatten Alvarez eingekreist und schlugen mit Fäusten und Knüppeln auf den Mann ein.

Als sie Marcos Wagen mit den voll aufgeblendeten Scheinwerfern auf den Parkplatz rollen sahen, hielten sie einen kurzen Moment lang inne, bevor einer von ihnen eine Waffe zog und schoss. Ob er auf sie gezielt hatte oder nur lästige Zeugen vertreiben wollte, ließ sich auch später nicht mehr feststellen. Jedoch splitterte im nächsten Moment Glas, und der rechte Scheinwerfer von Marcos Cabrio erlosch. Der nicht schallgedämpfte Schuss aus der Waffe des Ganoven zerriss die Stille der gerade einsetzenden Morgendämmerung und war bestimmt bis hinunter zum Hafen gut zu hören. Er würde vermutlich innerhalb der nächsten zehn Minuten hier oben für Polizeipräsenz sorgen.

Marco legte den Rückwärtsgang ein und fuhr mit Vollgas zurück. So bekamen sie zuerst auch nicht mit, was sich oben auf dem Parkplatz tat. Alvarez, der noch unmittelbar zuvor unter den Schlägen in die Knie gegangen war, sprang auf, nutzte die nur Sekunden währende Gelegenheit zur Flucht und rannte ihnen entgegen zu seinem Wagen hin. Seine Peiniger überlegten nur kurz, ob sie ihm folgen sollten, dann entschieden sie sich, zu Fuß und querfeldein selbst das Weite zu suchen.

Alvarez hatte unterdessen seinen Wagen erreicht und fuhr los. Kurz darauf passierte er ihr Cabrio, und im fahlen Licht der immer stärker werdenden Dämmerung glaubte Marco zu erkennen, dass Blut über Alvarez' Gesicht rann.

»Wir müssen dranbleiben, ich bin mir sicher, seine Kollegen wissen von nichts. Ruf du immer wieder die Nummer von Francisco Esteban an, es eilt wirklich.«

Sven war aufgeregt wie noch nie zuvor in seinem Leben, das Adrenalin schoss nur so durch seine Blutbahnen. Es war ihm ein vollkommenes Rätsel, wie sein Freund so gelassen bleiben konnte, aber der Schein trog. Auch Marco war alles andere als ruhig. Er konnte es nur weitaus besser verbergen.

Inzwischen hatten sie die Außenbezirke der Stadt erreicht, und es war klar, dass sie ins Gebirge hineinfuhren. Die Straße wurde kurviger, und es wurde hell. Alvarez fuhr schnell, aber seit sie die Stadt verlassen hatten, raste er nicht mehr. Vielleicht lag es zum Teil auch daran, dass er sich nicht mehr verfolgt fühlte, seit Marco den verbliebenen Scheinwerfer abgeschaltet hatte.

Sie durchfuhren malerische Landstriche auf kurvigen Straßen, aber weder Marco, der Sven unter anderen Umständen gern mehr von den zahlreichen Schönheiten seiner Insel gezeigt hätte, noch Sven, der sie sich genauso gern hätte zeigen lassen, hatten auch nur einen Blick dafür übrig.

»Wo fahren wir hin?«, fragte Sven nach weiteren drei vergeblichen Versuchen, die Beamten zu erreichen.

»Ich hätte eigentlich vermutet, dass er ins Hochgebirge fährt, um sich dort zu verstecken. Aber gerade eben sind wir in Richtung Calvià und Andratx abgebogen. Das heißt, wir bleiben in Küstennähe.«

Schweigend fuhren die beiden weiter, und gerade als Sven es abermals probieren wollte, den Beamten Francisco Esteban, dessen genauer Dienstgrad sich den beiden jungen Leuten bislang nicht erschlossen hatte, zu erreichen, läutete sein Handy.

Sven nahm ab, und prompt hatte er Estebans Stimme im Ohr.

»Sie haben die ganze Nacht über versucht, mich zu erreichen, ist denn irgendetwas Unvorhersehbares passiert?«

»Allerdings«, sagte Sven und berichtete dem Beamten, was sich in den letzten Stunden ereignet hatte. Er schloss mit den Worten: »Gerade folgen wir Alvarez in Richtung Andratx. Wissen Sie vielleicht, wo er hinwill?«

»Nein, keine Ahnung. Gut, dass Sie ihn gefunden haben, denn wir haben es nicht geschafft, Kontakt mit ihm aufzunehmen. – Bitte bleiben Sie an ihm dran und halten Sie Kontakt zu uns, aber unternehmen Sie um Gottes willen nichts, was Sie gefährden könnte. Wir fahren unverzüglich los, und sobald Sie das Ziel kennen, sagen Sie uns Bescheid. Wir stoßen dann dazu und übernehmen.«

»Okay«, sagte Sven und war ganz und gar nicht unglücklich darüber, die Verantwortung für diesen Einsatz demnächst abtreten zu können. So gern er Detektiv werden wollte, dieser heftige Stoß ins kalte Wasser war dann doch ein wenig zu hart für ihn gewesen.

Aber auch Marco schien es in den letzten Stunden mulmiger zumute gewesen zu sein, als er zugegeben hatte, denn kaum war das Gespräch mit den Beamten beendet, da wurde auch er wieder gesprächiger.

»Kein Wunder, dass Stefan von denen so verdroschen wurde, wenn das die gleichen waren«, sagte er.

»Zwei von denen hätten aber nicht ausgereicht. Er ist erfahren in sämtlichen fernöstlichen Kampftechniken. Schade, dass Mutti mir nicht erlaubt, mit Kim Li zu trainieren. Aber das hat ja bald ein Ende, dann kann ich machen, was ich will.«

»Kim Li? Wer ist denn das?«

Kim Li Stuhlbein, die Tochter von Dao Tae Wung, dem früheren Leiter der Kampfsportabteilung der Frankfurter Polizei und Inhaber einer Kampfsportschule. Sie hat Stefan ausgebildet.«

Sven, der sehr stolz auf Peter, Stefan und die ganze Detektei war und gern weitererzählt hätte, wurde unterbrochen, denn Alvarez änderte erneut die Richtung, sodass es Marco nun klar wurde, wohin die Fahrt nun ging. Sven musste den Beamten, die bestimmt schon unterwegs zu ihnen waren, unbedingt berichten, dass sie nun eine ziemlich genaue Vorstellung vom Ziel hatten. Sie waren nun in Richtung S'Arracó unterwegs, und von dort aus ging es nur noch nach Sant Elm, denn in dem kleinen Küstenort endete die Straße.

Eher widerwillig hatte sich Pedro Delgado von seinem Untergebenen davon überzeugen lassen, dass es nottat, sofort aufzubrechen.

»Wer hat den Hinweis geliefert?«, murrte der höherrangige Beamte. »Die beiden Jungs? Als wenn es nicht schon schlimm genug wäre, dass du zwei Halbstarken vertraust, sind die zwei auch noch …«

»Schluss jetzt«, setzte sich Esteban durch. »Wenn sie sagen, sie haben Alvarez gefunden, dann ist das immerhin deutlich mehr, als wir in der Lage waren zu erreichen. Wir suchen seit vorgestern verzweifelt nach ihm.«

»Warum melden sie sich erst so spät? Da ist doch was faul.«

»Ja, mein Handy war verschwunden.«

»Wie das?«, fragte Delgado, während er den Wagen startete. »Aber sag zuerst mal, wo soll ich hinfahren?«

»Richtung Andratx. Dorthin folgen die beiden Alvarez – und nun zu deiner ersten Frage. Als wir gestern Abend von der Hotelbar in unsere Zimmer gingen, hatte ich es noch. Als ich oben im Zimmer eine halbe Stunde später die entgangenen Anrufe checken wollte, musste ich feststellen, dass es weg war. Ich habe sofort an der Rezeption angerufen, ob ein Handy liegen geblieben ist. Der Barkeeper hat nachgesehen und auch die verbliebenen Gäste gefragt, aber es war nichts gefunden worden. Also hab ich noch einmal gründlich alle meine Taschen durchgesehen und bin durchs Hotel gelaufen, um es zu suchen. Ich habe die ganze Nacht kein Auge zugetan. Wenn das in die falschen Hände gerät, kann jemand mit unserer geheimen Leitung gewaltig Mist bauen.«

»Wie hast du es wiedergefunden?«, fragte sein Kollege schadenfroh, während er Palma auf der Autobahn Ma-1 in Richtung Paguera verließ.

»Als ich gegen Morgen bestimmt zum dritten Mal beim Rezeptionisten stand und der schon ganz genervt sagte, dass bei ihm kein Handy abgegeben worden sei, kam einer der Pagen herbei und brachte ein Handy, das in einem Pflanzenkübel beim Aufzug gefunden worden war. Es war meines, aber ich kann jederzeit beschwören, dass es mir dort ganz bestimmt nicht aus der Tasche gefallen ist.«

Nun auch nachdenklich geworden, fragte Delgado: »Erinnerst du dich an den dicken, alten Mann mit Gehstock, der zwischen der Bar und dem Aufzug versehentlich mit dir zusammengestoßen ist?«

»Ja, der konnte trotz des Stockes kaum gehen.«

»Es sah zumindest so aus und war gut gespielt. Würde mich nicht wundern, wenn der gar nicht so krank war. Ich muss mich bei dir entschuldigen. Du hattest die ganze Zeit recht, hier ist etwas oberfaul.«

»Du meinst, er hätte …«, begann Esteban erschrocken, aber das erneute Läuten seines Mobiltelefons unterbrach ihn.

Er schaltete den Lautsprecher ein, damit sein Kollege mithören konnte, und fragte: »Was gibt's Neues?«

Augenblicklich klang ihm Svens Stimme entgegen, der ihnen mitteilte, dass sie ziemlich sicher seien, Alvarez sei unterwegs nach Sant Elm.

»Könnten Sie für uns beobachten, wohin er geht, und uns dann am Parkplatz am Ortseingang erwarten? Wir sind in spätestens einer halben Stunde bei Ihnen.«

Dann beendete er das Gespräch und sagte zu Delgado: »Tritt drauf, wenn wir in einer halben Stunde da sein wollen, müssen wir uns beeilen.«

Auch Marco musste ganz schön Gas geben, denn Alvarez schien inzwischen wieder misstrauisch geworden zu sein und hatte das Tempo deutlich erhöht. Dass er ihn bemerkt hatte, glaubte Marco nicht, denn sein Vater hatte ihm in der Vergangenheit so einige Tricks und Kniffe beigebracht, wie man Leute unauffällig beschatten konnte.

»Wenn du es wirklich ernst meinst und dich ganz dem investigativen Journalismus verschreiben willst, kannst du gar nicht früh genug anfangen zu üben. Das kann dir in so mancher brenzligen Situation Kopf und Kragen retten«, hatte sein Vater vor nicht allzu langer Zeit einmal zu ihm gesagt und dabei gegrinst.

Dass er das aber trotz des Grinsens vollkommen ernst gemeint hatte, begann Marco inzwischen zu ahnen.

Daran erinnerte er sich, als sie schweigend und mit hoher Geschwindigkeit Sant Elm entgegenbrausten.

Aber auch Sven hing seinen Gedanken nach, denn er hoffte, dass nun Bewegung in die Sache käme und Peter schon bald freigelassen werden müsste. Dann könnte er endlich, ohne ein schlechtes Gewissen zu haben, über sich und seine Zukunft nachdenken. Wie würde es mit ihm und Marco weitergehen? Würden sie für länger zusammenbleiben? Er beschloss insgeheim, wenn hier alles gut ausgehen würde, kurz nach seinem achtzehnten Geburtstag für zwei Wochen nach Mallorca zu fliegen, um mit Marco als Fremdenführer die schönen Seiten der Insel zu erkunden.

Marco schien seine Gedanken geahnt zu haben, denn gerade als sie auf den großen Parkplatz am Ortsrand einbogen und sich die ganze Schönheit des Küstendorfes vor ihnen ausbreitete, sagte er: »Ich würde dir so gern mal alles hier in Ruhe zeigen.«

Doch bevor Sven etwas erwidern konnte, wurde Marco ernst und meinte: »Siehst du Alvarez dort hinten? Er läuft die große Straße zum Strand hinunter. Ich möchte zu gern wissen, wo der hinwill.«

Nur wenige Augenblicke später wussten sie es. Der Polizeibeamte, der sich Alvarez nannte, betrat einen der Baucontainer, die unten am Straßenrand schon auf dem Sandstrand standen, und schloss die Tür hinter sich.

Sven sah Marco verwundert an, aber ohne seine Frage

abzuwarten, sagte Marco: »Los, schnell zurück zum Parkplatz. Wenn die Madrider Beamten mit ihrer Einschätzung richtig liegen, müssten sie schon fast da sein.«

Sie rannten zum Parkplatz zurück, und gerade als sie ankamen, bog auch die schwarze Limousine dort ein.

»Wir sind pünktlich«, sagte Francisco Esteban grinsend, um dann schnell ernst zu werden. »Wo ist er?«

»Im letzten Baucontainer an der Hauptstraße direkt am Strand. Darin ist er vor wenigen Minuten verschwunden«, sagte Sven, noch ziemlich außer Atem.

Marco, der bedeutend besser trainiert und entsprechend gut bei Puste war, sah ebenfalls die verwunderten Blicke der Beamten und nahm auch ihre Frage vorweg: »Nein, da wird er nicht in Kürze von den eintreffenden Bauarbeitern aufgescheucht. Das Versteck ist nahezu genial. Die Baufirma und die Gemeinde liegen seit Ewigkeiten über die Neugestaltung der Promenade im Clinch, die Sache ist längst vor Gericht, und seit einiger Zeit ruhen hier die Arbeiten ganz. Ich bin öfter mal hier und habe in den letzten zwei Monaten keinen Bauarbeiter mehr gesehen.«

»Okay, wir gehen jetzt zu ihm«, sagte nun Pedro Delgado, »euer Part ist damit beendet. Ihr könnt jetzt nach Hause fahren.«

»Nein, wir bleiben erst einmal hier auf dem Parkplatz. Man weiß ja nie.«

»Meinetwegen, aber haltet euch bitte raus, das ist jetzt Sache der Profis«, sagte Delgado geringschätzig, aber Esteban fügte hinzu: »Das war richtig gute Arbeit von euch, Jungs. Danke.«

Die beiden Beamten gingen in Richtung Strand, und während Francisco Esteban den Mut und die Geschicklichkeit der jungen Männer ehrlich bewunderte, schien sein Kollege noch immer einige Probleme damit zu haben, auf die Hilfe von Amateuren angewiesen zu sein. Dass das ordentlich an seinem Ego kratzte, sah man ihm an.

Nur wenige Augenblicke später waren sie bei dem Baucontainer angekommen und öffneten die Tür. Alvarez, der seine Verfolger zwar nicht bemerkt hatte, aber trotzdem sehr nervös war, fuhr mit gezogener Waffe herum, und erst als er den Polizeiausweis in der Hand des einen sah, entspannten sich seine Züge.

»Sind Sie …«

»Die Herren Delgado und Esteban aus Madrid, ja.«

»Okay, wollen wir hier weiterreden? Oder fahren wir gleich in die Stadt? Ich bin aufgeflogen, ich muss die Insel schnellstens verlassen.«

»Schon klar«, sagte Delgado, »aber umreißen Sie erst mal kurz, was Sie alles herausgefunden haben.«

Dabei ließ er sich auf die Sitzbank in dem Baucontainer fallen. Zufällig fiel sein Blick unter die ihm gegenüberliegende Bank.

»Was ist denn das?«, fragte er und sprang hoch. Dann bückte er sich unter die gegenüberliegende Bank und sah genau in das Zeitzählwerk einer Bombe.

»Verdammt, ein Sprengsatz. Noch läuft er nicht. Steht auf einhundert. Zeitzünder oder Druckzünder?«

»Erst mal ruhig bleiben, weiter beobachten und die Spezialisten herbeitelefonieren«, sagte Francisco Esteban gefasst und rief die Nummer des Bombenräumkommandos in Palma an.

Doch als Delgado sich noch einmal zu der Bombe unter der Bank, auf der Alvarez und sein Kollege saßen, hinunterbückte, war das Zählwerk schon bei sechzig.

»Los raus, das Ding läuft. Weiß der Geier …«

Mehr sagte Pedro Delgado nicht, dann sprang er auf und rannte hinaus. Die anderen beiden erhoben sich ebenfalls, um ihm zu folgen, eine andere Chance hatten sie nicht, selbst wenn sie damit einen eventuell zusätzlich eingebauten Druckzünder aktivieren würden.

Esteban wechselte einen Blick mit Alvarez, und als zwei Sekunden später noch nichts passiert war, rannte auch er nach draußen. So hatte er nicht mitbekommen, dass Alvarez sich unmittelbar nach dem Blickwechsel an seine Brust gefasst hatte und zusammengebrochen war.

Draußen nahm ihn Delgado mit den Worten »Wo bleibt denn Alvarez?« in Empfang.

Erst jetzt merkte Esteban, dass sein Undercover-Kollege nicht wie vermutet hinter ihm war, und wollte sofort in die Baubude zurück. Zwei Schritte schaffte er, bevor sein Kollege ihn am Arm packte und zu Boden riss.

»Deckung!«, brüllte Delgado gerade, da zerriss eine heftige Detonation die Stille des noch frühen Montagmorgens. Eine gewaltige Druckwelle schleuderte das Blechdach des Containers mindestens zehn Meter in die Höhe und zerriss auch Teile der Außenwände, sodass einzelne Brocken davon wie scharfkantige Geschosse durch die Luft flogen. Die riesige Sprengkraft der Bombe beschädigte selbst den einige Meter weit entfernt stehenden zweiten Baucontainer so sehr, dass er von der Druckwelle stark deformiert und von den herumfliegenden Trümmern in einen Schweizer Käse verwandelt wurde.

Mit einigen Sekunden Verzögerung begriff Francisco Esteban, dass er die Explosion weitgehend unbeschadet überstanden hatte, lediglich eine Risswunde an seiner Wange blutete leicht. Sein arroganter Kollege, mit dem er mehr schlecht als recht zurechtkam und der ihn immer wie seinen Laufburschen behandelte, obwohl sie den gleichen Dienstrang hatten, hatte ihm das Leben gerettet, indem er ihn in eine Sandkuhle am Strand gestoßen hatte. Was war aus ihm geworden?

Langsam blickte er sich um und sah Delgado wenige Meter entfernt im Sand liegen. Zuerst hielt er ihn für tot, doch dann bemerkte er, dass er leise stöhnte. In seiner Seite steckte ein spitzes Stück Metall der Außenwand, das sich oberhalb der Hüfte in seine Seite gebohrt hatte.

Die Reste der Möbel aus dem Container, in dem sie drei Minuten zuvor noch gesessen hatten, brannten, und von Alvarez waren vermutlich nicht einmal mehr Reste zu finden. Im Umkreis von gut und gern zwanzig Metern sah es aus wie auf einem Schlachtfeld.

Gerade als Francisco Esteban das Handy zücken wollte, um Feuerwehr und Notarzt zu rufen, kamen beide, in Begleitung eines Polizeiwagens, die Straße zum Strand heruntergefahren. Aus dem Polizeiwagen stieg Leon Gonzales, der frühere Untergebene von Hernandez und jetzige Leiter der Abteilung.

Er kam auf Esteban zu und fragte: »Wer sind Sie, und was ist hier passiert?«

Der Beamte wies sich aus, erklärte, was er hier tat und was geschehen war. Zuerst hatte er offen mit Leon Gonzales sprechen wollen, aber dann erinnerte er sich daran, dass Hernandez ihm vor seiner Verhaftung geraten hatte, vorsichtig zu sein, da er nicht wisse, wo das Leck sei. Nur dass es wirklich eine undichte Stelle bei der Polizei geben musste, war sicherer denn je.

Unterdessen hatte er ein großes Pflaster auf der Backe, und auch sein Kollege war erstversorgt. Es bestand inzwischen keine unmittelbare Lebensgefahr mehr, aber ein längerer Aufenthalt im Krankenhaus würde ihm wohl nicht erspart bleiben.

Erst dann ging er die Straße entlang zum Parkplatz. Unterwegs sah er ein Café, das schon offen hatte, und da er seinem Handy nicht mehr so recht traute, rief er von dort aus seine Dienststelle in Madrid an. Er bat darum, von dort aus darauf einzuwirken, dass die Herren Hernandez und Stettner zu ihrem eigenen Schutz in Einzelhaft verlegt würden. Man sollte es damit begründen, dass sie vor ihrem Prozess weder untereinander noch zu Mitgefangenen Kontakt haben dürften. Er beschloss das Gespräch mit den Worten: »Ich kann es nicht verantworten, dass den beiden Herren auch noch etwas passiert. Die Gangster scheinen inzwischen dazu übergegangen zu sein, jeden, der ihnen gefährlich werden könnte, aus dem Weg zu räumen. Koste es, was es wolle.«

Dann ging er eiligen Schrittes zum Parkplatz zurück, da er hoffte, Marco und Sven dort noch anzutreffen. Er hatte Glück, sie waren noch da.

»Wir wollten gerade aufbrechen, denn dass man uns an der Explosionsstelle unsere Fragen beantwortet, ist wohl nicht zu erwarten. Wo sind denn Ihr Kollege und Alvarez?«

»Mein Vorgesetzter hat auch einiges abbekommen, und Alvarez ist tot. Leider konnte er uns nicht mehr sagen, mit wem aus der Führungsetage der Gangster er sich inzwischen getroffen hatte. Kommen Sie beide bitte in drei Stunden in die Bar meines Hotels? Ich mache erst einmal allein weiter und hoffe, dass man mir die Leitung der Ermittlung auf der Insel überträgt. Deshalb müssen wir dringend miteinander reden. Vielleicht haben Sie etwas erfahren und wissen etwas, ohne zu wissen, dass Sie es wissen.«

»Gern«, sagte Sven. »Aber vorher müsste ich noch einmal nach Cala Millor, meine Angehörigen machen sich sicher schon Sorgen. Seit wir gestern Mittag das Krankenhaus verlassen haben, haben sie nichts mehr von mir gehört.«

»Okay, dann machen wir es anders. Fahren Sie beide in Ihr Hotel, ich komme zu Ihnen.«

In der überfüllten Haftanstalt in Palma de Mallorca saßen derweil Juan Hernandez und Peter Stettner noch immer gemeinsam in einer viel zu kleinen Zelle und starrten die Wände an. Von Dr. Pfannmöller hatten sie inzwischen erfahren, dass auch Stefan zwischen die Fronten geraten war und man inzwischen in allerhöchsten Polizeikreisen Zweifel an der Schuld der beiden hegte. Umso überraschter waren sie, dass es irgendwann an diesem Vormittag hieß, sie würden in einen anderen Gebäudetrakt in Isolationshaft verlegt.

»Isolationshaft?«, fragte Hernandez die beiden Aufseher ungläubig, die gekommen waren, um sie abzuholen.

Da Juan Hernandez als verhafteter Polizeibeamter im Gefängnis weder bei den anderen Insassen noch beim Personal einen leichten Stand hatte, war es nicht weiter verwunderlich, dass der Vollzugsbeamte sagte: »Hernandez, halt's Maul. Du bist eine Schande für alle, die bei Polizei und Justiz arbeiten. Du müsstest eigentlich wissen, was das bedeutet: Man ist in der Vorbereitung auf euren Prozess. Man sollte dich und deinen Kumpanen zu tausend Jahren verknacken. Endlich wird dafür gesorgt, dass ihr mit niemandem mehr sprechen könnt ohne unsere Kontrolle. Das war schon längst überfällig, und der Prozess steht, das könnt ihr mir glauben, unmittelbar bevor. Dann geht es euch und euresgleichen an den Kragen, aber das weißt du ja selbst am besten.«

Peter hatte zwar kein Wort von dem verstanden, was der Vollzugsbeamte zu Juan gesagt hatte, aber die abgrundtiefe Verachtung, die in seinen Worten lag, war mehr als deutlich zu spüren gewesen.

Peter war und blieb auf der Hut, als sie aus der Zelle heraus und durch den langen Gang zwischen den Zellen geführt wurden. Obwohl einer der Beamten neben ihnen und einer hinter ihnen ging, wollte sich kein Gefühl der Sicherheit einstellen. Wenn schon die Aufseher einen so tiefen Groll gegen Juan hegten, was würde erst in den Köpfen der Gefangenen vorgehen, von denen bestimmt so einige von Hernandez überführt worden waren? Würden ihre Begleiter einen eventuellen Angriff abwehren oder wegsehen?

Immerhin waren die Gänge wie leergefegt. Man schien dafür gesorgt zu haben, dass in diesen Minuten alles unterblieb, was sie sonst gefüllt hätte: beispielsweise Gefangene zur Bibliothek, zum Besuchsraum oder zum Anwaltszimmer zu bringen.

Dann kamen sie in die Nähe der Krankenstation. Sie wurden durch die Schleuse gebracht, die ihren Trakt begrenzte, und gingen nun auf die Gittertür des Isolationstraktes zu, der noch stärker gesichert war als der andere. Einer der Vollzugsbeamten ging voraus, um die schwere Tür, die mit drei Schlössern gesichert war, zu öffnen, und gerade als er in die Knie ging, um das Schloss dicht über dem Boden zu öffnen, geschah es.

Die Tür zum Sprechzimmer des Anstaltsarztes flog auf, ein Gefangener stürzte heraus, und Peter sah gerade noch aus den Augenwinkeln, dass der Arzt gefesselt und geknebelt auf seinem Sessel gefangen war. Nur Bruchteile von Sekunden später war der Angreifer bei ihnen und wollte Juan ein selbstgebautes Messer in den Rücken rammen.

Der Beamte, an der linken Hand mittels einer Handschelle mit Peter verbunden, und Juan, der an dessen rechter Hand hing, reagierten nicht sofort. Aber Peter hatte blitzschnell erfasst, was da gerade passierte, und wirbelte so schnell herum, dass er die anderen beiden mitzog und so den ersten Stich ins Leere gehen ließ.

War es nur die völlige Verkennung der Situation, oder warum versuchte der Beamte, ausgerechnet Peter zu fixieren?

Obwohl er sich redlich bemühte, hatte der eher schmächtige Aufseher der schieren Kraft Peters nur wenig entgegenzusetzen. Peter riss seinen freien Arm hoch, und auch wenn er mit der Linken nicht halb so schlagkräftig war wie mit rechts, reichte es aus, um den Angreifer, der gerade zu einem zweiten Stich ansetzen wollte, ohnmächtig auf die Bretter zu schicken. Dennoch hatte der es geschafft, Juan Hernandez eine Schnittwunde am Arm zuzufügen, die ziemlich heftig blutete.

Inzwischen hatte auch der erste Beamte, der mit dem Öffnen der Tür beschäftigt gewesen war, bemerkt, was geschehen war, und gab Alarm. Nur wenige Sekunden später wimmelte es auf dem Flur nur so von Vollzugsbeamten, und der Angreifer, der so langsam wieder zu sich kam, wurde abgeführt. Peter konnte sich immer noch nicht des Eindrucks erwehren, dass dieser Angriff zumindest mit Billigung des Aufsichtspersonals stattgefunden hatte. Und als der eine Beamte ihm in gebrochenem Deutsch zuraunte: »Das war Angriff auf uns, jetzt besonders viel isoliert«, fürchtete er sogar noch Schlimmeres.

Wenigstens konnten sie den Zwischenfall nicht unter den Teppich kehren, da die Geiselnahme des Anstaltsarztes nicht zu verbergen sein würde.

Während man Juan Hernandez zum Arztzimmer brachte, um die Wunde an seinem Arm zu verbinden, wurde Peter in seine Isolationszelle geführt. Kurz bevor Juan im Arztzimmer verschwand, drehte er sich noch einmal zu Peter um und rief: »Danke, ich stehe für immer in deiner Schuld.«

Sven und Marco waren inzwischen in Cala Millor angekommen. Sven nahm seinen Freund mit ins Hotel und ging mit ihm in die Hotelbar.

»Komm, lass uns erst mal was trinken, bevor wir meiner Mutter unter die Augen treten.«

»Mut antrinken«, sagte Marco grinsend, um dann hinzuzufügen: »Meinst du nicht, ich sollte bis zum Eintreffen von Francisco Esteban das Hotel besser noch einmal verlassen? Wenn er heute Nachmittag mit uns, deiner Mutter und Stefans Frau reden will, wird das bestimmt heftig genug.«

Sven kam nicht mehr dazu, etwas zu antworten, denn Annika kam gerade wie ein Racheengel vom Pool auf die Terrasse gestürmt, und in ihrer Begleitung war Verena. Zum Glück waren die Zwillinge am Pool geblieben und vergnügten sich im Wasser. Nach den letzten Tagen, die nicht sehr erfreulich verlaufen waren, waren sie überglücklich, dass ihr Vater am Dienstagfrüh aus dem Krankenhaus entlassen werden sollte.

Sven sah verunsichert seiner Mutter entgegen, aber das befürchtete Donnerwetter blieb aus. Stattdessen sagte sie nur: »Ich weiß Bescheid.«

»Was weißt du?«

»Dass du auf Jungs stehst. Es passt mir zwar nicht, aber was soll ich tun? In drei Monaten bist du volljährig, dann …, na ja. Ich habe mich von Verena breitschlagen lassen, keine Strafmaßnahmen dagegen zu unternehmen, dass du die Nacht außer Haus verbracht hast, und ich will auch gar nicht so genau wissen, was da geschehen ist. Aber wenn wir wieder zu Hause sind, weht erst mal ein anderer Wind. Solange du deine Füße unter …«

Weiter kam Annika nicht, denn bereits in diesem Augenblick betrat Francisco Esteban früher als erwartet die Hotelterrasse. Mit ihm zusammen kam Dr. Pfannmöller und stellte Annika dem Madrider Beamten vor. Verena, die den Beamten am Vortag im Krankenhaus bereits kennengelernt hatte, sagte: »Gehen wir rein. Dort hinten in der Nische gibt es eine Sitzgruppe, wo wir uns ungestört unterhalten können.«

Alle griffen den Vorschlag dankbar auf, und als sie saßen, begann der Beamte, unterstützt von Marco und Sven, zu berichten, was in den letzten vierundzwanzig Stunden geschehen war. Solange sie sich noch bei den Beobachtungen der jungen Männer aufhielten, schien es, als wenn Annika immer friedlicher und zugänglicher würde.

Immerhin ließ sie sich sogar dazu hinreißen, zu Sven zu sagen: »Dass du das alles für Peter tust, das rechne ich dir sehr hoch an.«

Doch dann kam der Moment, als Esteban Marco aufforderte, von dem Schuss auf seinen Wagen am Castell Bellver zu berichten, und anschließend selbst erzählte, was in Sant Elm vorgefallen war. Da war es mit Annikas kunstvoll aufgebauter Fassade vollends geschehen.

»Dass Peter bereit ist, sich Tag für Tag in waghalsige Abenteuer zu stürzen und Kopf und Kragen zu riskieren, daran habe ich mich inzwischen gewöhnt. Auch damit hatte ich am Anfang so meine Probleme. Aber dass du unbedingt in seine Fußstapfen treten musst, das werde ich zu verhindern wissen. Marco ist definitiv nicht der richtige Umgang für dich. Da wäre mir ja sogar dieser Benjamin noch lieber.«

»Wo ist denn eigentlich Ihr Kollege?«, fragte nun Verena, die das Gespräch wieder in andere Bahnen lenken wollte.

»Der wurde bei dem Bombenattentat in Sant Elm so schwer verletzt, dass er auf Wochen ausfallen wird. Ich habe die Leitung der Untersuchungen vor Ort übernommen, am Donnerstag bekomme ich einen neuen Kollegen aus Madrid zugeteilt. Damit bin ich übrigens wieder beim Thema, weshalb ich früher hierhergekommen bin als ursprünglich geplant. Auf Juan Hernandez wurde im Gefängnis ebenfalls ein Anschlag verübt.«

»Und was ist mit meinem Mann?«, fragte Annika entsetzt.

»Der hat ihn vereitelt. Ihr Mann ist unverletzt, Juan Hernandez nur leicht. Aber es deutet immer mehr darauf hin, dass die Organisation, wer immer es auch sein mag, sich alle unliebsamen Personen vom Hals schafft. Ihre Mittel werden immer brutaler.«

»Dann tun Sie etwas dagegen«, schrie Annika den Mann an, der gar nicht wusste, wie ihm geschah. »Mein Mann sitzt unschuldig im Gefängnis, und Hernandez vermutlich auch. Unternehmen Sie endlich etwas!«

»Wir vermuten inzwischen auch, dass sie unschuldig sind. Aber die Gegenseite hat gut gearbeitet. Es wird schwer werden, die beiden zu entlasten.«

»Oh, verdammt«, rief Annika, sprang auf und rannte mit tränenüberströmtem Gesicht in Richtung Aufzug davon.

»Ich folge ihr und werde bei ihr bleiben«, sagte Verena und stand auf.

Nachdem sich Francisco Esteban von Dr. Pfannmöller verabschiedet hatte, sagte Sven zu Marco: »Nimm mich mit zu dir. Ich möchte heute Nacht nicht allein sein.«

9.

Was auch immer sich Sven und Marco von dieser Nacht
erhofft hatten, es kam ganz anders. Sie waren noch nicht
lange im Haus von Hermann Ferreira angekommen, da
saßen sie auch schon mit Marcos Eltern, die Sven offensichtlich gut leiden konnten, im Esszimmer und redeten
über Gott und die Welt. Zuerst wollte Marcos Vater alles
zum Stand der Ermittlungen wissen, und spät in der Nacht
wechselten sie in den privaten Bereich über. So bekam Sven
Kinderfotos von Marco zu sehen, die seine Eltern bestimmt
nicht jedem zeigten. Als die beiden sich gegen drei Uhr
müde und benebelt vom Rotwein in Marcos Zimmer zum
Schlafen legten, war an eine romantische Liebesnacht jedenfalls nicht mehr zu denken.

Als sie am nächsten Vormittag von Port de Sóller aus
aufbrachen, stand die Sonne schon hoch am Himmel.

»Wo setzen wir jetzt an?«, fragte Sven.

»Ich würde sagen, bei der Polizei. Hier muss es einen oder
auch mehrere Maulwürfe geben. Sonst hätten sie Alvarez
nicht dort einzuschleusen brauchen.«

»Aber wer, zum Teufel? Leon Gonzales vielleicht, Hernandez' Stellvertreter? Das wäre doch irgendwie viel zu einfach.«

»Gerade die einfachen Dinge übersieht man gern, weil
man sie im Grunde nicht für möglich hält. Das ist übrigens
eine Weisheit, die ich von meinem Vater habe. Aber auch

wenn er unschuldig sein sollte, eine Schlüsselfigur in diesem Fall ist er meiner Meinung nach dennoch.«

»Du meinst, weil anderenfalls irgendjemand in seiner Umgebung ihn ausspioniert?«

»Genau das. Deshalb sollten wir uns an ihn hängen. Du hast nicht zufällig dein Richtmikrofon dabei?«

»Witzbold. Das ist in meinem Hotelzimmer.«

»Dann nichts wie ab nach Cala Millor, damit wir keine Zeit verlieren.«

Die jungen Männer fuhren schon eine ganze Zeit lang schweigend durch die große Ebene Es Pla, als Marco zögernd begann: »Äh, was ich dir die ganze Zeit schon sagen wollte …«

Weiter kam er nicht, denn genau in dem Moment überquerte ein großer schwarzer Hund direkt vor dem Wagen die Fahrbahn. Marco stieg in die Bremsen, dass der Wagen ins Schleudern kam, und als er ihn endlich am Straßenrand zum Stehen gebracht hatte, standen sie mit dem rechten Vorderreifen nur wenige Zentimeter von der Abbruchkante des tiefen Straßengrabens entfernt.

»Das war knapp«, sagte Marco nur und fuhr weiter. Was er vor diesem Zwischenfall sagen wollte, blieb erst einmal ungesagt.

Eine gute halbe Stunde später waren sie am Hotel angekommen. Der Wagen parkte etwa fünfzig Meter entfernt, und Marco hatte seinen Freund bis zum Hotel begleitet.

Auf dem Weg dorthin unternahm Marco einen zweiten Versuch, Sven etwas zu sagen, kam aber nicht so recht voran damit.

Als sie am Eingang angekommen waren, meinte Sven nur: »Später, Schatz, ich will sehen, dass ich schnell wieder da bin und meiner Mutter nicht in die Hände falle.«

Dann verschwand er in der Hotelhalle.

Während er nach oben fuhr, um Richtmikro, Peilsender und einige andere nützliche Dinge zu holen, blieb Marco allein auf einer der beiden Bänke am Hoteleingang sitzen, wo sonst die abfahrenden Gäste auf den Transferbus warteten. Ein Schauer des Glücks durchfuhr ihn, als er sich vergegenwärtigte, dass Sven ihn zum ersten Mal »Schatz« genannt hatte.

Er saß noch nicht lange, da kam ein anderer junger Mann, offensichtlich ein Deutscher, und setzte sich auf die gegenüberliegende Bank.

Marco beobachtete den recht rundlichen, aber dennoch nicht gerade schlecht aussehenden Mann, der in etwa Svens Alter haben konnte. Er schien in das Hotel hineingehen zu wollen, traute sich aber offensichtlich nicht so recht.

Darüber nachzudenken, warum das so sein konnte, brauchte er jedenfalls nicht mehr, denn in dem Augenblick kam Sven zurück, und noch bevor Marco aufstehen konnte, sprang sein Gegenüber auf und trat Sven in den Weg.

»Benjamin, was machst du denn hier?«, fragte Sven verwundert.

»Ich suche dich.«

»Bisschen spät, nicht?«, fragte Sven, aber es klang eher wie eine Feststellung.

»Ja, aber ich … ich … habe einen Fehler gemacht.«

»Fehler nennst du das? Mir per SMS zu sagen, dass Schluss ist, weil du einen anderen hast? Ich nenne das einen verdammt schlechten Stil. Außerdem hast du ja den anderen. Also lass mich gefälligst in Ruhe.«

»Der andere, Julian, war ja der Fehler – der größte meines Lebens. Er wollte nicht mich, er wollte meine guten Kontakte an der Schule zu Leuten in allen möglichen AGs. Er hat mich völlig eingewickelt, dann kam er erst damit raus, was er wirklich von mir wollte. Ich sollte dort Dope für ihn verticken. Ich habe sofort Schluss gemacht. Könnten wir nicht ...«

»Tut mir leid für dich ... selbst wenn ich dir verzeihen könnte, bist du zu spät. Darf ich dir Marco Ferreira, meinen Freund, vorstellen?«

Dabei zeigte Sven auf Marco, der bislang auf seiner Bank sitzen geblieben war und zugehört hatte.

»Ein Urlaubsflirt? Das geht doch niemals gut«, versuchte Benjamin Zweifel in Sven zu wecken, aber als Marco aufstand und in bestem Deutsch sagte: »Guten Tag, ich bin Marco Ferreira«, änderte sich Benjamins Mimik und Gestik schlagartig.

Er sagte hart: »Okay. Wie du willst. Dann ist das vorbei.« Danach drehte er sich um und ging, als wenn nichts geschehen wäre, in Richtung der Bushaltestelle davon.

»Was war denn das jetzt?«, fragte Sven, und Marco, der nicht recht wusste, was er dazu sagen sollte, schwieg.

Sie standen noch eine ganze Weile schweigend da, dann sagte Marco: »Komm, wir müssen nach Palma fahren, wenn wir nicht einen ganzen Tag verlieren wollen.«

Eine knappe Stunde später waren sie auf dem Parkplatz des Polizeigebäudes in Palma angekommen.

»Du hast den Peilsender dabei?«, fragte Marco.

»Ja, aber wie erkennen wir Gonzales' Auto? Weißt du, welches es ist?«

»Noch nicht, aber lass mich mal machen«, sagte Marco, »ich denke, ich weiß, wie wir das erfahren.«

Er stieg aus und ging zur Pförtnerloge. Dort saß ein anderer Portier als beim letzten Mal, der Marco noch nicht kannte, und das erleichterte die Sache ungemein.

So sagte Marco in breitestem Mallorquin: »Ich habe auf dem Parkplatz Herrn Gonzales' Auto gerammt. Das ist doch der rote Nissan da vorn, oder?«

»Nein, da haben Sie sich geirrt. Das ist der Wagen von einem Mitarbeiter der Fuhrparks-Verwaltung.«

Es zeigte sich, dass Marco den älteren Pförtner genau richtig eingeschätzt hatte, als er vermutete, dass der mit seinen Kenntnissen prahlen würde.

Denn der Mann sagte wichtigtuerisch: »Herr Gonzales fährt einen hellblau-metallicfarbigen BMW. Außerdem hat er einen reservierten Stellplatz wie alle leitenden Beamten, ganz am anderen Ende des Parkplatzes. Warten Sie bei dem roten Nissan, ich werde den Besitzer ausrufen lassen. Er kommt dann zu Ihnen.«

»Okay, danke«, sagte Marco und ging zu Sven zurück.

Er erzählte ihm, was er erfahren hatte, und sagte: »Ich fahre auf die Straße hinaus und warte da auf dich, wo wir schon einmal gehalten haben. Findest du Gonzales' Wagen allein?«

»Ich denke schon. So viele hellblaue BMWs wird's da hoffentlich nicht geben. Außerdem wird sein Name auf dem Reservierungsschild stehen. Falls nicht, oder falls ich das Schild nicht lesen kann, gibt es ja Handys.«

Marco brauchte nicht lange zu warten, Sven kam bereits zehn Minuten später und nickte Marco zufrieden zu. »Es gab nur einen hellblauen BMW, und der Name stand dran.«

Er ließ sich auf den Beifahrersitz fallen und schaltete den Empfänger ein. Sofort begann das rote Lämpchen zu blinken, und Sven sagte: »Los, schalt dein Navi ein und geh auf die Kartenfunktion.«

Marco tat es, und auf der Karte, die das Umfeld des

Polizeigebäudes zeigte, erschien ein roter, pulsierender Punkt.

»Wie weit ist die Reichweite des Gerätes eigentlich?«

»Etwa einen Kilometer. Wir müssen also dranbleiben, wenn er losfährt, und dürfen uns nicht abhängen lassen.«

Jetzt war es an Marco zu prahlen: »Das wird nicht geschehen. Ich bin ein hervorragender Autofahrer. Derjenige, der es schafft, mich abzuhängen, muss erst noch geboren werden.«

»Aufschneider«, sagte Sven grinsend und knuffte Marco so kräftig in die Seite, dass dem fast die Luft wegblieb.

Das wiederum veranlasste Marco, sich zu Sven hinüberzubeugen und ihn zu küssen. So hätten sie beinahe nicht mitbekommen, dass der Wagen von Leon Gonzales in der Einfahrt des Parkplatzes auftauchte und sich in den fließenden Verkehr einfügte.

»Verdammt, mach, fahr schon«, rief Sven aufgeregt, und Marco quetschte sich unter wütendem Hupen der anderen Autofahrer in den dichten Stadtverkehr. Das Peilgerät zeigte ihnen jedoch immer genau an, wo der andere Wagen sich befand. Zuerst sah es so aus, als ob Gonzales die Stadt verlassen würde, doch kaum waren sie in der Nähe der Ma-1 angekommen, änderte er die Richtung und entwischte ihnen über eine Kreuzung, weil die Ampel vor ihnen auf Rot sprang.

»Ach, dich hängt keiner ab?«, fragte Sven schnippisch, und Marco fragte eingeschnappt zurück: »Hätte ich mich mit dem Querverkehr anlegen sollen? Außerdem hat Gonzales ganz in der Nähe angehalten.«

Marco hatte den Satz noch nicht ganz beendet, da zeigte ihnen ein Blick auf das Display des Navigationsgerätes, dass sich Leon Gonzales' Wagen bereits wieder in Bewegung setzte. Nun kam er ihnen entgegen.

»Er hat, wenn ich das richtig gedeutet habe, auf dem Parkplatz im Hinterhof eines Gebäudekomplexes gestanden. Schau mal auf dem Smartphone nach, ob es etwas Besonderes in dem Haus gibt. Ein Geschäft, Restaurant oder Ähnliches. Vielleicht ist es ja so etwas wie seine Kontaktadresse.«

Dann nannte Marco ihm den Straßenamen im Stadtviertel Son Canals und konzentrierte sich wieder auf den Wagen, der ihnen in diesem Moment entgegenkam. Marco bemühte sich, einen Blick in das Innere zu erhaschen, aber durch die sehr dunkel getönten Scheiben sah er so gut wie nichts. Nur dass eine vermutlich langhaarige Person am Steuer saß, war zu erkennen.

»Hast du was rausbekommen?«, fragte Marco und sah Sven an.

»Da gibt es nur Wohnungen und im Erdgeschoss eine Reinigung. Ob er dorthin wollte? Nun ja, wir werden sehen.«

Unterdessen hatte Marco in einem waghalsigen Manöver auf der kleinen Straße gewendet und war Gonzales gefolgt, der wenige Querstraßen weiter nun im Halteverbot vor einer Konditorei angehalten hatte. Nur wenige Augenblicke später kam der dicke Konditor heraus und übergab dem Fahrer ein Päckchen, von dem sie nicht viel erkennen konnten, schon gar nicht auf den Inhalt schließen.

»Das sieht mir sehr verdächtig aus«, sagte Sven. »Vielleicht hat man ihm eine Pistole übergeben, mit der er einen Mord begehen soll.«

»Schon möglich. Aber bis jetzt wissen wir nicht einmal, ob es wirklich Gonzales ist, der in dem Wagen sitzt. Auf jeden Fall ist es ein langhaariger Kerl, so viel habe ich erkennen können.«

»Langhaarig?«, fragte Sven verwundert. »Wenn ich Stefan am Sonntag richtig verstanden habe, hat Gonzales kurz geschorene Haare und einen Bart.«

»Wirklich? Das habe ich gar nicht gehört.«

»Da warst du auch auf der Toilette. – Zur Sicherheit rufe ich Stefan mal kurz an. Er müsste inzwischen auf dem Weg nach Cala Millor sein, da er heute entlassen werden sollte.«

Wenig später wussten sie, dass es vermutlich nicht Gonzales war, der den Wagen fuhr. Aber wer war es dann?

Eine knappe halbe Stunde später, es war inzwischen früher Nachmittag, bekamen sie auch davon eine Vorstellung. Gonzales' Wagen fuhr zum Polizeiquartier zurück, und als die beiden Nachwuchsdetektive auf dem Parkplatz hielten, kam ihnen aus der Richtung von Gonzales' Stellplatz eine überaus attraktive Frau entgegen, die einen Smoking in einer Folie, wie Reinigungen sie verwenden, über dem Arm trug und in der anderen Hand ein großes Paket mit Gebäck balancierte.

Noch bevor Marco etwas sagen konnte, hatte Sven sie abgelichtet und das Bild an Stefans Handy gesandt. Dazu hatte er die Frage getippt: »Kennst du diese Frau?«

Die Antwort kam prompt und war so enttäuschend wie erwartet: »Es ist Gonzales' Sekretärin.«

»Verdammt. Jetzt haben wir uns den ganzen Tag abgerackert, und was finden wir dabei heraus? Gonzales schickt seine Sekretärin in der Arbeitszeit zum Einkaufen. Danke.«

»Sven, nicht verzweifeln«, tröstete Marco seinen Freund, »wenn ich eines bei meinem Vater gelernt habe, ist es, dass Misserfolge genauso dazugehören wie Erfolge. Es kann nicht immer alles auf Anhieb funktionieren. Es gibt noch einen Abend, und irgendwann muss Gonzales ja mal das Gebäude verlassen.«

Etwa zur gleichen Zeit kam Stefan, der noch immer etwas geschwächt war und einen Arm in Gips hatte, in Cala Millor an und wurde von seinen Töchtern und Verena überschwänglich begrüßt. Nur Annika saß traurig dabei und war der Verzweiflung nahe, dass sich so gar keine neuen Anhaltspunkte ergaben, um Peters und natürlich auch Jose Hernandez' Unschuld zu beweisen. Immerhin würde ihre Urlaubsreise bereits in sechs Tagen zu Ende gehen.

Könnten sie ihren Aufenthalt im Hotel verlängern, falls Peter bis dahin noch nicht freigekommen wäre? Sollten sie überhaupt hierbleiben? Was hatte Sven vor? All diese Fragen hatte sie wenige Augenblicke, bevor Stefan angekommen war, mit Verena erörtert, deren Urlaub sogar noch einen Tag früher zu Ende gehen würde. Aber auch sie hatte nur ratlos mit den Schultern gezuckt.

Dr. Pfannmöller, der zu Stefans Begrüßung zusammen mit seinem Kollegen ebenfalls dazugestoßen war, sagte: »Fliegt ruhig alle nach Hause, wenn sich bis dahin nichts ergeben haben sollte. Javier hat für heute am späten Nachmittag einen Haftprüfungstermin mit Staatsanwalt und Haftrichter vereinbart, auch Francisco Esteban ist als Zeuge geladen. Ich fürchte zwar, dass die Entlastungsmomente noch immer nicht ausreichen, aber wir müssen sehen, wie das Klima ist und wie man auf die Aussagen von Esteban reagiert.«

»Verdammt, es ist in den letzten Tagen nichts geschehen. Peter braucht meine Hilfe, und ich ruhe mich in der Klinik aus«, sagte Stefan zerknirscht.

»Denk dran, wie du ausgesehen hast. Du konntest nicht,

das wissen wir alle hier«, sagte Annika beschwichtigend zu ihm, und als er ihr beipflichten wollte, begann sein noch längst nicht heiles Bein in diesem Moment so sehr zu schmerzen, dass Stefan das Gesicht verzog.

»Außerdem hattest du eine würdige Vertretung«, sagte nun Verena. »Sven ist seit Tagen mit Marco zusammen unterwegs, um zu ermitteln.«

Während Stefan sich am Nachmittag mit schlechtem Gewissen am Pool weiter auskurierte, saßen Sven und Marco in ihrem Wagen vor dem Polizeigebäude auf der Lauer.

»Sollten wir nicht lieber die restlichen Personen auf Peters Liste überprüfen, als hier unsere Zeit zu verschwenden?«

»Nach dem Flop heute Mittag verstehe ich deine Ungeduld nur zu gut«, sagte Marco, »aber wir können unmöglich an zwei Stellen gleichzeitig sein. Außerdem sind viele Personen der Liste bereits überprüft, und diese Spur hier scheint mir immer noch die erfolgversprechendste zu sein. Wenn sich heute Abend und vielleicht auch noch morgen Vormittag hier nichts weiter ergibt, können wir uns immer noch darum kümmern.«

»Dann lass uns wenigstens die Liste noch einmal durchgehen«, sagte Sven, und Marco antwortete: »Okay, aber erst nachdem ich den Wagen umgeparkt habe. Da vorn kommt schon wieder so ein Knöllchenverteiler.«

Nur gut zwanzig Minuten später, es war inzwischen Spätnachmittag, standen sie wieder in ihrer Position im Halteverbot vor dem Polizeigebäude und gingen die Liste durch. Zehn Personen darauf waren ihnen in ihrer Ermittlung bisher noch nicht begegnet und waren auch in Stefans Rangfolge für die Ermittlungen ganz ans Ende gerutscht. Das hatte Sven am Sonntag im Krankenhaus gleich abgeklärt und sich Stefans vorsortierte Liste mit dem Handy abgelichtet. Lediglich Juanitas Chef im Immobilienbüro und ihr Fitnesstrainer waren darauf noch als vordringlich eingestuft.

Gerade als Sven fragte: »Sollten wir nicht besser bei diesen beiden ansetzen und dann hier weitermachen?«, tat sich etwas.

Kommissar Leon Gonzales' Wagen verließ den Parkplatz. Dicht hinter ihm fuhr ein zweiter Wagen, der ihm zu folgen schien.

»Ist das einer von Francisco Estebans Leuten oder einer von den Ganoven, die ihrem eigenen Mann nicht mehr trauen? Oder ist Gonzales am Ende sogar unschuldig und wird von den Gangstern ausspioniert?«

»Gute Frage«, sagte Marco, » aber auf jeden Fall sollten wir dranbleiben.«

Noch während er das sagte, hatte er den Wagen gestartet und sich erneut unter Protest aus einigen anderen Fahrzeugen mit quietschenden Reifen in den immer dichter werdenden Feierabendverkehr eingefädelt.

»Dieser Fahrstil scheint bei dir langsam zur Gewohnheit zu werden«, sagte Sven grinsend, aber Marco hörte gar nicht hin, denn er hatte seine liebe Mühe, an den beiden Wagen vor ihm dranzubleiben.

Gonzales hatte den ersten Verfolger inzwischen offenbar bemerkt, jedenfalls hatte er sein Tempo erheblich gesteigert. Um nicht ebenfalls entdeckt zu werden, ließ Marco sich etwas zurückfallen und nutzte auf der dreispurigen Straße eine andere Fahrspur. Zum Glück hatten sie ja den Peilsender an Gonzales' Wagen, und die Batterie war noch leistungsstark genug, um ein klares Signal zu senden. So konnten sie wenigstens ihn nicht verlieren.

Plötzlich sahen sie von fern, wie Gonzales von der mittleren Fahrspur aus scharf rechts abbog und dabei die Autos auf der rechten Spur in arge Bedrängnis brachte. Der Wagen seiner Verfolger konnte den Richtungswechsel nicht mitmachen, ohne einen Zusammenstoß zu riskieren, und musste geradeaus weiterfahren. Marco grinste, setzte den Blinker und bog, da er ohnehin auf der rechten Spur gewesen war, ohne Probleme ab.

Kurz darauf sagte Sven: »Verdammt, das Signal wird schwächer. Fährt er schneller, oder geht die Batterie des Peilsenders zur Neige?«

Dann war das Signal verschwunden. Marco erhöhte seine Geschwindigkeit, und kurz darauf war es wieder da. Allerdings aus einer Richtung, die sie nicht erwartet hatten. Gonzales schien an einer roten Ampel auf der Carrer de Aaragó zu stehen.

»Glück gehabt. Wo will er nur hin?«

»Keine Ahnung, jedenfalls nicht nach Hause«, sagte Marco, »denn dann hätte er in die entgegengesetzte Richtung fahren müssen.«

Er ließ den Wagen nun in gedrosseltem Tempo die Straße entlangrollen, und als er noch eine Querstraße von Gonzales' BMW entfernt war, schien auch dieser die Fahrt fortzusetzen. Gonzales, der offenbar glaubte, seine Verfolger endgültig abgeschüttelt zu haben, machte es ihnen jetzt leicht, denn er fuhr mit gemäßigter Geschwindigkeit auf der gut ausgebauten Straße stadtauswärts. Erst in Santa Maria del Camí hielt er in einer kleinen Altstadtstraße unweit des Bahnhofs an.

Marco und Sven parkten in der nächsten Seitenstraße und liefen schnell dorthin, wo Gonzales geparkt hatte, um zu sehen, wo er hinging.

»Scheiße, er ist weg«, sagte Marco schon, als Sven ihn doch noch erblickte. »Sieh mal, da vorn geht er gerade in ein Haus.«

Tatsächlich war Leon Gonzales vor einem kleinen Haus stehen geblieben und sah sich vorsichtig um. Schnell schmiegte sich Sven an Marco, der erst mit einiger Verspätung begriff, dass es in diesem Moment nur zur Tarnung geschah. Dennoch war der Polizist, der sie ja bei den Höhlen von Arta schon einmal, wenn auch nur im Schein von Taschenlampen, gesehen hatte, misstrauisch geworden und ging weiter.

»Wenn er wirklich hierher wollte, kommt er bestimmt zurück«, meinte Marco, »das bedeutet mal wieder warten.«

»Lass uns nachsehen, wer in diesem Haus wohnt.«

»Okay, aber wir müssen vorsichtig sein. Vielleicht ist er noch in der Nähe. Danach gehen wir zum Wagen zurück und holen das Richtmikrofon.«

»Nicht nötig, das hab ich schon dabei«, sagte Sven stolz, und Marco nickte zufrieden.

Um weniger aufzufallen, ging Sven allein zur Eingangstür des kleinen Hauses. Auf dem Klingelschild stand nur ein Name: Carmen Molina.

»Ob das seine Freundin ist?«, fragte er, als er zurückkkam.

»Vermutlich. Wir sollten mal lauschen, auch wenn er nicht da ist. Vielleicht ist noch jemand dort, und man erfährt etwas.«

Sven und Marco setzten sich auf eine Bank auf der anderen Straßenseite, die teilweise von einem dürren Strauch und den davor geparkten Autos vor neugierigen Blicken geschützt war. Da die Sonne inzwischen recht tief stand, wurde es in der kleinen Gasse, die weitgehend unbelebt vor ihnen lag, zudem schon dämmrig. Sie richteten das Mikrofon aus, das auf diese Entfernung und aufgrund der dicken Mauern dazwischen leider keinen allzu guten Empfang mehr lieferte. Dennoch hörten sie neben einem Rauschen, das manche Worte überlagerte, aber sofort das Schreien von streitenden Kindern heraus und dass sie, nachdem sie sich anscheinend wieder geeinigt hatten, ihre Mutter etwas fragten.

Während Sven kein Wort verstand, bekam Marco zumindest Bruchstücke des Gesprächs mit und übersetzte, was er verstanden hatte, für seinen Freund. »Die Kinder fragen, ob ihr Vater endlich kommt. Dabei muss es sich um Gonzales handeln, wenn ich das richtig verstanden habe. Die beiden scheinen nicht verheiratet zu sein, und ob die Kinder wirklich seine sind oder sie ihn nur Papa nennen, wer weiß.«

In dem Moment kam Leon Gonzales zurück. Er blieb kurz stehen, blickte sich vorsichtig um, und da er niemanden auf der Straße sah, schloss er die Tür auf und verschwand schnell im Inneren des Hauses.

Soweit es zu verstehen war, schien die Frau ihren Lebensgefährten etwas unterkühlt zu begrüßen, während die Kinder sich mit Begeisterung auf ihn stürzten.

»Sollen wir durchs Fenster sehen, ob wir etwas erkennen können?«, fragte Sven.

»Das wäre interessant, aber ich halte es – leider – für zu gefährlich. Es müsste allerdings auch so reichen. Hast du dein Handy griffbereit? Dann halt es an den Lautsprecher und nimm das Gehörte auf, sobald ich es dir sage.«

Aber erst einmal geschah nichts, außer dass die kleine, offenbar vierköpfige Familie zu Abend aß. Zumindest ließ sich das Geklapper von Geschirr so deuten.

Als sie vermutlich fertiggegessen hatten, sagte Leon

Gonzales unvermittelt zu den Kindern: »Geht doch noch einmal ins Kinderzimmer spielen, ich habe etwas mit Mutti zu besprechen.«

Die Kinder trollten sich ohne viele Widerworte, doch Carmen Molina fragte bestürzt, als die Tür hinter ihnen ins Schloss gefallen war: »Schatz, was ist los? Du klingst so besorgt. Gibt's Probleme?«

»Ja, und ich weiß nicht, wie ich sie einordnen soll. Die Organisation scheint im Moment in Aufruhr zu sein ...«

»Jetzt mitschneiden«, sagte Marco zu Sven und hörte weiter zu: »... jeden, der ihnen gefährlich werden könnte. Egal ob Freund oder Feind.«

»Du bist doch loyal zu ihnen. Wissen die das nicht? Außerdem haben sie, wie du sagst, große Pläne mit dir.«

»Das gilt alles nicht mehr. Auf dem Weg hierher hatte ich jemanden an der Stoßstange kleben, keine Ahnung, was der von mir wollte. Außerdem habe ich ein schwules Pärchen gesehen, das ich schon mal irgendwo gesehen habe, wenn ich nur wüsste, wo. Die Organisation weiß im Moment noch nichts von euch, und das soll auch vorerst einmal so bleiben. Die sollen erst gar nicht auf die Idee kommen, ihr könntet ein Sicherheitsrisiko darstellen.«

»Warum lässt du dich auch mit denen ein ...«

»Na, hör mal, du hast mir doch zugeraten, mich um Extraeinnahmen zu kümmern, damit wir endlich heiraten können.«

»Ich hab dir aber ganz bestimmt nicht geraten, ein Verhältnis mit dieser Juanita Hernandez anzufangen.«

Für einen Moment lang verschlug es Kommissar Gonzales die Sprache, und auch Marco, der sich bemühte, durch das Rauschen den Worten der beiden zu lauschen, staunte nicht schlecht. Sven wusste nicht, worum es ging, da Marco, seit sie das Gespräch mitschnitten, schwieg und nicht mehr übersetzte. Schließlich hatte er bereits eine Idee, wie man die Aufnahme einsetzen könnte, aber dazu musste sie so klar wie möglich zu verstehen sein.

Dann sprach Gonzales weiter: »Das mit Juanita ist doch nur Show.«

»So nennst du das, wenn du sie vögelst? Schöne Show.«

»Woher hast du denn deine Weisheiten?«

»Ich hab dich mit ihr gesehen, das sah mir aber sehr vertraut aus. Verdammt noch mal, ihr habt euch leidenschaftlich geküsst.«

»Mein Gott, das gehört einfach dazu. Ich musste schließlich ihr Vertrauen gewinnen, um an Informationen zu kommen. Sonst hätten wir diesen Plan gegen Hernandez nie ausarbeiten können.«

»Schöner Plan. Mit der anderen in die Kiste steigen …«

»Was hast du immerfort mit Frau Hernandez. Immer wenn sie Sex mit mir wollte, habe ich gesagt, ich bin noch nicht so weit. Ich habe ihr vorgelogen, dass es mit uns etwas ganz Besonderes wäre. Sie hat es gefressen.«

»So? Ihr habt Hernandez doch inzwischen abgesägt. Warum gehst du immer noch zu dieser Schlampe?«

»Weil ich nicht riskieren kann, dass sie auspackt. Dann kann ich nämlich einpacken. Wenn ich das nicht …«

»Wie lange soll das so weitergehen? Für immer?«

»Ach, verdammt, lass mich doch in Ruhe. Ich weiß nicht, was das hier heute Abend noch bringt. Ich fahre nach Hause.«

Leon Gonzales stand geräuschvoll auf, der Stuhl, auf dem er gesessen hatte, fiel mit lautem Poltern um. »Aufnahme beenden«, sagte Marco schnell, »wir gehen zum Auto und folgen ihm.«

Auf dem Weg zum Wagen berichtete Marco, was sie da

gerade aufgenommen hatten, und Sven sagte anerkennend: »Du hattest von Anfang an den richtigen Riecher. Alle Achtung. Wie geht's jetzt weiter?«

»Wir folgen ihm und sehen, ob er wirklich nach Hause fährt oder zu Juanita Hernandez. Wenn Letzteres zutrifft, können wir vielleicht noch mehr herausbekommen. So aufgewühlt, wie er im Moment ist.«

In seinem Hotel in Palma hatte Francisco Esteban gerade das Abendessen beendet und war auf einen Drink an die Bar gegangen, als sein Diensthandy klingelte.

Er nahm das Gespräch an und staunte nicht schlecht, als sein Vorgesetzter in Madrid sich meldete. Er erhielt die Anweisung, umgehend zum Flughafen rauszufahren, sein neuer Kollege werde zwischen Mitternacht und drei Uhr früh mit einer Regierungsmaschine und mit Sondergenehmigung dort landen.

»Wieso das? Ich denke, er soll am Donnerstag ganz offiziell hier ankommen?«

»Auch wir haben mitbekommen, was auf der Insel los ist. Donnerstag war nur ein Ablenkungsmanöver, weil wir den örtlichen Behörden nicht mehr trauen. Also brechen Sie auf und bleiben am Flughafen, bis er da ist.«

»Okay«, sagte Esteban nur, dann legte er auf.

Er stand auf, nahm sein Sakko, das er lässig über die Stuhllehne gehängt hatte, und fuhr mit dem Aufzug hinunter in die Tiefgarage. Dass eine Gewitterfront über den Balearen die Landung der Maschine um mehrere Stunden verzögern würde, ahnte er noch nicht.

Unterdessen waren Marco und Sven Leon Gonzales bis zu seiner Wohnung in einem Mehrfamilienhaus in der Nähe des Strandes von Can Pastilla gefolgt und standen schon einige Minuten lang auf der anderen Straßenseite vor dem Gebäude.

Marco sah auf die Uhr am Armaturenbrett und sagte: »Schon zwanzig nach acht. Wenn er in der nächsten halben Stunde nicht aufbricht, wird er heute nicht mehr nach Son Servera fahren. Vielleicht solltest du Esteban jetzt anrufen und ihn unterrichten, was wir herausgefunden haben.«

»Gute Idee.«

»Statt Gonzales sollten außerdem vielleicht wir zu Juanita Hernandez fahren und ihr von Carmen erzählen. Das hatte ich eigentlich erst für morgen geplant. Damit locken wir sie vielleicht aus der Reserve.«

»Mensch, du bist spitze!«, rief Sven begeistert und versuchte Marco zu küssen, aber der wehrte ab und sagte stattdessen: »Ruf schnell an, vielleicht können wir uns mit ihm in Son Servera treffen.«

Sven nahm sein Handy und wählte Francisco Estebans Nummer, aber es ging niemand dran.

Nach dem fünften Versuch sagte er: »Nichts zu machen, er hebt nicht ab. Wie sieht es aus, fahren wir trotzdem?«

»Klar doch«, sagte Marco und startete den Wagen.

Es war noch nicht ganz halb zehn, als sie vor Juan Hernandez' Haus in Son Servera einparkten. Sie stiegen aus, gingen zur Haustür und läuteten. Zuerst schien es so, als würde niemand öffnen, aber als sie schon fast aufgeben und wieder gehen wollten, ging die Haustür einen Spaltbreit auf.

»Es ist schon spät, wer sind Sie, was wollen Sie?«, fragte eine ausgesprochen attraktive Endvierzigerin mit lockigem schwarzem Haar auf Spanisch.

»Ich bin Marco Ferreira, und das ist Sven Stettner, der

Sohn von Peter Stettner, einem Freund Ihres Mannes. Wir müssten mit Ihnen sprechen.« Zuerst sagte er das in deutscher Sprache, da Juanita Hernandez ihn aber nur verständnislos ansah, wiederholte er es auf Spanisch.

Die Miene der Frau nahm fast augenblicklich einen feindseligen Ausdruck an. Zuerst wollte sie die Tür einfach wieder schließen, doch dann überlegte sie es sich plötzlich anders, ließ die beiden eintreten und fragte, kaum dass die Tür hinter ihnen ins Schloss gefallen war: »Ferreira? Etwa der Ferreira?«

»Das ist mein Vater«, sagte Marco.

»Was wollen Sie?«

»Ihnen mitteilen, dass Ihr Freund Leon Gonzales, mit dem Sie Ihren Mann betrügen, ein doppeltes Spiel mit Ihnen treibt«, sagte Marco nun gleich auf Spanisch, da Juan Hernandez' Frau offensichtlich tatsächlich kein Deutsch verstand.

»Leon ... Leon ... wie? Gonzales? Kenne ich nicht. Ich bin, wie Sie wissen, mit Juan Hernandez verheiratet und meinem Mann treu. Ich habe keinen Freund!«

»Lassen wir doch die Spielchen«, sagte Marco. »Wir haben hier den Mitschnitt eines Gesprächs mit seiner Lebensgefährtin, die von Ihnen weiß. Sie ist nicht ganz zu Unrecht sauer. Immerhin hat er zwei Kinder mit ihr.«

Juanita Hernandez lachte hell auf, und es sollte triumphierend klingen, aber es wirkte einfach nur kläglich. »Leon ist Single, und Kinder hat er schon gar nicht.«

»Ach, Sie kennen ihn also doch?«

Fast gegen ihren Willen und offensichtlich von Neugier getrieben sagte sie: »Ja, sicher, aber warum erzählen Sie mir das alles?«

»Weil wir hoffen, dass Sie nun bereit sind, mit den Behörden zu kooperieren. Wir können den Kontakt zu einem hochrangigen Beamten aus dem Innenministerium herstellen, der gerade hier auf Mallorca ist.«

»Sie Grünschnabel wollen das können?«

»Wie gesagt, ich heiße Ferreira, und dieser Name öffnet so manche Tür.«

»Okay, ich werde darüber nachdenken«, sagte Frau Hernandez und drängte dann: »Aber spielen Sie mir jetzt das Band vor.«

Marco ließ sich Svens Handy geben und schaltete den Mitschnitt ein. Zuerst kam außer Tellerklappern und Rauschen nichts aus dem Lautsprecher, aber dann wurden immerhin einige klare und absolut eindeutige Gesprächsfetzen hörbar.

Juanita Hernandez fing an zu lachen, und es klang schon fast hysterisch, als sie sagte: »Er bescheißt also nicht nur mich, sondern auch sie. Natürlich haben wir miteinander geschlafen. Oft sogar, in den letzten zwölf Monaten verging keine Woche, in der wir nicht ein oder zwei Mal im Bett gelandet sind!«

»Also, wie sieht's aus, Kooperation?«, fragte Marco erneut.

»Das muss ich mir noch überlegen«, sagte Juanita Hernandez verdächtig ruhig, bevor sie im nächsten Augenblick zu explodieren schien. »So, und jetzt scheren Sie sich zum Teufel! Ich habe die Schnauze gestrichen voll von diesem Mist, den Sie hier verzapfen. Nur weil Ihr Vater ein berühmter Journalist ist, meinen Sie sich hier aufführen zu können wie die Axt im Walde.«

»Sollen wir den Kontakt herstellen?«, fragte Marco eindringlich, aber Frau Hernandez' einzige Reaktion war es, »Raus!« zu brüllen, was sogar Sven verstand.

Sven und Marco verließen Hernandez' Haus, und als sie draußen am Wagen standen, versuchte Sven erneut, den Beamten zu erreichen. Hätte er geahnt, dass dessen Handy in der Tasche des Sakkos steckte, das bei seinem eiligen Aufbruch auf die Rückbank von Estebans Wagen geflogen war, der wiederum vor dem Flughafen in Palma stand, hätte er sich diese Mühe sparen können.

»Soll ich dich ins Hotel bringen?«, fragte Marco, nachdem sie losgefahren waren, aber Sven meinte: »Nein, noch eine Auseinandersetzung mit meiner Mutter, das ist mir entschieden zu viel. Außerdem möchte ich an Gonzales dranbleiben. Am besten, wir stehen schon beizeiten vor seiner Haustür.«

10.

Gegen fünf Uhr am Morgen, das Flugzeug mit dem neuen Kollegen aus Madrid war immer noch nicht gelandet, weckte eine Durchsage den Beamten, der in einer der Sessellandschaften in der Wartehalle vor sich hin döste.

»Herr Francisco Esteban, Herr Francisco Esteban, bitte melden Sie sich umgehend am Informationsschalter.«

Esteban ging zum Schalter, wo ihm eine hübsche junge Frau einen Telefonhörer entgegenstreckte, und als er sich meldete, drang ihm die vertraute Stimme seines Vorgesetzten entgegen.

Er hörte ihm geduldig zu, dann sagte er: »Ja, danke, es ist okay. Ich melde mich wieder, sobald er da ist.«

Danach gab er den Hörer zurück, nickte der Dame am Schalter lächelnd zu, drehte sich um und ging davon. Wie enorm sauer er war, sah man ihm nicht an. Nur wenn jemand ganz genau hingehört hätte, hätte er registriert, dass Francisco Esteban wütend vor sich hin fluchte. Dass wegen der riesigen Gewitterfront über den Balearen, die ihnen hier in Palma ständiges Wetterleuchten bescherte, kein Anflug auf Mallorca möglich war, hatte der Wetterdienst doch bestimmt schon frühzeitig gewusst. Musste man ihm dann noch eine Nacht auf dem Flughafen bescheren? Nun hieß es aber, sein neuer Kollege komme mit der Nachtfähre um acht Uhr aus Barcelona, sie habe dort am Abend pünktlich auslaufen können. Noch einmal zum Hotel zu fahren rentierte sich nicht. Er würde am Hafen parken und noch zwei Stunden im Auto dösen.

Es war noch nicht ganz acht Uhr, da standen Verena und Stefan, dessen Bein inzwischen fast nicht mehr schmerzte, vor Annikas Zimmertür und klopften an. Lediglich seinen Gipsarm würde er vermutlich erst in Deutschland wieder verlieren aber das störte ihn kaum.

Als Annika öffnete, fragten sie: »Kommst du mit zum Frühstücken? Du hast doch sicher genauso wenig geschlafen wie wir.«

»Stimmt. Zumal, wie es aussieht, sich Sven schon wieder die ganze Nacht herumgetrieben hat. Ich weiß gar nicht mehr, was ich mit ihm machen soll. Es ist schon schlimm genug, dass Peter immer noch in Haft ist – auch wenn Dr. Pfannmöller zuversichtlich ist, dass er bald freikommt. Trotzdem macht das Ganze mich total fertig. Verdammt noch mal, mir ist der Appetit gehörig vergangen. Aber ich komme mit.«

»Okay, dann gehen wir schnell die Zwillinge von ihrem Zimmer abholen. Wir treffen uns in fünf Minuten am Aufzug.«

Als die beiden gegangen waren, konnte Annika ihre mühsam gewahrte Fassade nicht mehr aufrechterhalten. Ihr schossen die Tränen in die Augen, und sie murmelte: »Ich halt das nicht mehr aus, verdammte Scheiße.«

Am Fährhafen von Palma de Mallorca kam aus den Lautsprechern die Durchsage, dass die Fähre sich um etwa dreißig Minuten verspäten würde. Der Himmel war inzwischen wieder wolkenlos. Die nächtliche Gewitterfront war nach Frankreich weitergezogen, ohne auf Mallorca allzu viel Regen zu bringen. Von der nahen Kathedrale La Seu riefen die Glocken zur Frühmesse.

Beinahe hätte Francisco Esteban sein Handy, das noch immer in der Sakkotasche auf dem Rücksitz seines Wagens steckte, nicht klingeln hören. Erst mit einiger Verspätung ging ihm auf, dass dieses seltsam brummende Geräusch, das leise aus seiner Jacke drang, von seinem auf Vibration gestellten Mobiltelefon kam.

Müde angelte er die Jacke vom Rücksitz und zog das Gerät heraus. Er meldete sich gähnend, aber als er Sven Stettners Stimme hörte, war er sofort hellwach. Der junge Mann würde ihn bestimmt nicht morgens um acht Uhr anrufen, wenn es nicht dringend wäre.

Er hörte ihm eine ganze Weile lang zu, dann sagte er: »Bleiben Sie dran. Eigentlich müsste ich … Ach was, ich stoße zu Ihnen. Unternehmen Sie aber nichts, bevor ich da bin.«

Auch Sven und Marco hatten keine allzu bequeme Nacht verbracht. Sie hatten sich in den letzten Stunden zwar eng aneinandergekuschelt, aber eben nicht auf einem bequemen Sofa, sondern auf der engen Rückbank von Marcos Wagen. Der stand inzwischen wieder vor dem Haus, in dem Gonzales wohnte.

Fast die gesamte zweite Nachthälfte hatte heftiges Wetterleuchten westlich von Mallorca den Himmel erhellt, und zweimal hatte es von ferne sogar gedonnert. Gegen vier Uhr hatte es für fünf Minuten so stark geregnet, als ob der Himmel alle seine Schleusen geöffnet hätte, und anschließend hatte es einige Minuten lang gestürmt. Danach war es dann nach und nach ruhiger geworden. Dennoch hatten sich weder Marco noch Sven getraut einzuschlafen.

Inzwischen war ihnen klar geworden, dass sie bei Juanita Hernandez einen wunden Punkt getroffen hatten und es vermutlich nur eine Frage der Zeit war, bis sie ihrem vermeintlichen Freund Leon die Hölle heißmachen würde. Wohin das führen würde, konnte niemand voraussagen.

Ziemlich genau um acht Uhr bekamen sie eine Ahnung davon. Leon Gonzales schien ganz normal das Haus zu verlassen und zum Dienst fahren zu wollen, als plötzlich sein Handy zu klingeln begann. Zuerst blieb er lässig an seinen Wagen gelehnt stehen und meldete sich. Dann hörte er eine ganze Weile lang schweigend zu. Dabei verdüsterte sich seine Miene zusehends, und seine ganze Haltung veränderte sich. Anscheinend ließ die Person, sie vermuteten Juanita am anderen Ende der Leitung, ihn nicht zu Wort kommen, denn er klappte, das war mehr als deutlich zu erkennen, ab und zu den Mund auf, schloss ihn dann aber wieder, ohne etwas zu sagen.

Als er dann doch endlich einmal Gelegenheit zu reden bekam, legte er los. Er sprach schnell und hektisch, aber so leise, dass selbst Marco nicht viel verstand, nur die drohenden Schlussworte waren deutlich zu vernehmen: »Verdammt noch mal, mach nichts Unbedachtes, in spätestens einer Stunde bin ich da.«

Als Gonzales in seinen Wagen gestiegen war, sagte Marco: »Los, schnell, Platzwechsel nach vorn, wir folgen ihm. Der ist so außer sich, wer weiß, was er tut. Versuch du, Esteban zu erreichen. Irgendwann muss der Mann doch mal ausgeschlafen haben.«

Während Marco den Wagen startete und Gonzales folgte, der wie ein Irrer durch die Stadt raste, rief Sven bestimmt zum zwanzigsten Mal Francisco Estebans Nummer an –

und endlich hatte er Glück. Gerade als er schon wieder auflegen wollte, meldete der Beamte sich.

Sven erklärte ihm, was sie am Vortag erfahren hatten und dass sie bei Juanita Hernandez gewesen waren, da gab sein Gesprächspartner ihm deutliche Anweisungen, und sie beendeten das Gespräch.

»Was hat er gesagt?«, fragte Marco, der seinem Wagen die Sporen gab, um dranzubleiben, da die Batterie des Peilsenders inzwischen den Geist aufgegeben hatte.

»Wir sollen ihm regelmäßig unsere Position durchgeben, damit er zu uns stoßen kann – auch jede Richtungsänderung. Und nichts auf eigene Faust unternehmen.«

»Schon klar. Dann kannst du ihm gleich sagen, wir sind auf der Straße Ma-15 in Richtung Manacor.«

Kurz bevor sie die Ma-15 in Richtung Son Servera verließen, tauchte Estebans schwerer Volvo in Marcos Rückspiegel auf. Er gab ihnen mit Lichthupe ein Zeichen, und Marco tippte dreimal kurz die Bremse an, um zu signalisieren, dass er verstanden hatte.

»Bei uns nimmt man dafür den Warnblinker«, sagte Sven, und Marco antwortete: »Bei uns auch, aber der ist auch vorn am Wagen zu sehen. Ich will aber auf keinen Fall, dass Gonzales uns bemerkt.«

Sven grinste Marco an, und nach wenigen Minuten hatten sie den Stadtrand von Son Servera erreicht. Gonzales schien so sehr in Rage zu sein, dass er nicht mitbekommen hatte, dass inzwischen zwei Wagen an seiner Stoßstange klebten. Er parkte schwungvoll vor dem Haus ein und touchierte dabei sogar noch ein abgestelltes Fahrzeug, aber das interessierte ihn nicht im Geringsten. Er stieg aus und ging, ja rannte fast zur Eingangstür von Juan Hernandez' Haus.

Auch Esteban und Marco hatten inzwischen etwas weiter entfernt Parklücken gefunden und die Wagen abgestellt.

»Bleiben Sie im Auto, ich gehe allein hin. Ich werde mich von hinten ranschleichen, vielleicht kann ich etwas von ihrem Gespräch belauschen.«

Sven nickte Marco fast unmerklich zu, dann sagte Marco zu dem Beamten: »Okay, wir bleiben hier.«

Kaum war der Beamte im Garten verschwunden, da hatte Sven bereits das Richtmikrofon in der Hand, und die beiden stiegen aus. Sie brachten sich in eine günstige Position, von der aus sie weder vom Haus noch von der Straße aus sofort gesehen werden konnten, und schalteten das Gerät ein.

»… bin nicht die Einzige für dich?«, hörte Marco Juanita Hernandez erbost fragen.

»Nita, Schatz, glaub doch nicht gleich alles, was du hörst. Diese Leute wollen mir mit ihren böswilligen Verleumdungen nur schaden.«

»Ach was, erzähl mir keinen Mist. Ich weiß alles über dich und diese Schlampe.«

»Woher weißt du von ihr?«

»Geht dich nichts an. Nicht mehr. Da du es so unumwunden zugibst, ist es also wahr. Du hast dich nur aus einem Grund an mich herangemacht: Weil ich Juan für dich aushorchen sollte. Stimmt's?«

»Zuerst ja. Ich fühlte mich von der Behörde ungerecht behandelt, weil mir dieser Posten eigentlich zugestanden hätte«, versuchte Gonzales zu retten, was zu retten war, und trumpfte weiter auf. »Aber das war nur am Anfang so. Ich habe mich inzwischen echt und tief in dich verliebt. Ich will dich für immer.«

»Und die andere, erzählst du ihr das auch?«

»Ich bin schon so lange mit ihr zusammen, und dann

sind da auch noch ihre Kinder, die mich seit Jahren Papa nennen. Ich habe den richtigen Zeitpunkt für einen Absprung noch nicht gefunden. Vor allem, ohne den Kleinen allzu wehzutun.«

Leon Gonzales log, dass sich die Balken bogen, und glaubte anscheinend, schon gewonnen zu haben, denn seine Stimme wurde ruhiger und sanfter. Aber Juanita Hernandez schien weit mehr über seine Machenschaften zu wissen, als ihm bewusst war.

»Du hast mich also nur deshalb ausgehorcht, um Juan in Misskredit zu bringen und seinen Posten zu bekommen?«

»Ganz genau. Aber das mit dem Misskredit hat er inzwischen ja selbst erledigt. Seit er zum Mörder geworden ist, brauche ich keine kleinen Missgeschicke mehr zu arrangieren.«

»Du lügst ja schon wieder. Ich weiß genau, was wirklich dahintersteckt. Dass du und die Organisation ...«

»Welche Organisation!«, unterbrach sie Gonzales fast schon schreiend.

»Die, von der du dich schon vor unserer Zeit hast kaufen lassen. Ihr habt das getan und es meinem Mann in die Schuhe geschoben. Euer Pech, dass Juans Freund aus Deutschland auch zugegen war. Das macht die Sache für euch nicht gerade einfacher.«

»Ich rate dir, in deinem eigenen Interesse ruhig zu sein«, sagte er scharf, und seine Stimme nahm augenblicklich den gleichen drohenden Unterton an wie vorhin am Telefon.

»Warum bringt ihr mich dann auch um, wie so viele in letzter Zeit?«, schrie Juanita Hernandez nun ihrerseits.

Gonzales rang zuerst hörbar nach Fassung, dann wurde er ruhig und änderte seine Taktik: »Wenn du es genau wissen willst, ein Wort von mir an der richtigen Stelle, und das könnte durchaus geschehen. Außerdem bin ich nur noch mit dir zusammen, weil ich bisher von dir Infos aus erster Hand bekam. Oder glaubst du am Ende etwa wegen deiner Schönheit? Ich bin neununddreißig und du achtundvierzig. Jetzt siehst du ja noch einigermaßen brauchbar aus, aber in einigen Jahren bist du ohnehin nur noch eine alte, abgetakelte Fregatte. Wenn du willst, können wir das Ganze gern jetzt und hier beenden. Ich brauche dich nicht mehr. Dann haben wir es endlich hinter uns.«

»Du … du … bist ein erbärmliches Arschloch!«, rang nun auch Juanita Hernandez nach Fassung. »Glaub bloß nicht, dass ich dich so einfach damit davonkommen lasse. Ich werde in vollem Umfang mit der Polizei kooperieren, und ich weiß sehr viel mehr von dir, als dir lieb sein kann.«

»Was weißt du? Verdammt, jetzt red schon!«, rief Gonzales so scharf aus, dass es selbst Marco und Sven, die die beiden nicht sehen konnten – Sven verstand nicht einmal ein Wort –, himmelangst wurde.

»Ich weiß, dass du Aufzeich…« Mehr konnte Juanita Hernandez nicht sagen, dann überschlugen sich die Ereignisse.

Man hörte ein gurgelndes Geräusch, als wenn jemand nach Luft ringen würde, und im nächsten Moment einen Schuss und splitternde Glasscheiben.

Marco und Sven ließen alle Vorsicht beiseite und stürmten zur Terrasse, wo sie Francisco Esteban vermuteten.

Als sie dort ankamen, sahen sie, dass Juanita Hernandez leblos auf dem Boden lag und Leon Gonzales gerade von ihm festgenommen wurde.

»Rufen Sie schnell einen Notarzt«, sagte Esteban zu Marco, dann fesselte er Gonzales, der leicht am Arm blutete, mit seinen Handschellen an die Heizung.

Anschließend ging er zu der immer noch leblos daliegenden Frau von Juan Hernandez und fühlte ihren Puls. »Ich fürchte, sie braucht keinen mehr. Der Mistkerl hatte die Drahtschlinge so schnell aus der Tasche gezogen, dass ich nicht mehr rechtzeitig reagieren konnte.«

Erst jetzt sahen Sven und Marco die genannte Waffe auf dem Boden liegen, und während die beiden dem Beamten nach draußen folgten, telefonierte dieser.

Er rief seinen neuen Kollegen an, der sich notgedrungen selbst vom Hafen zum Polizeiquartier durchgeschlagen hatte. Er gab ihm die Adresse durch und sagte: »Bringen Sie den Gerichtsmediziner und die Spurensicherung mit. Aber kommen Sie schnell, wir haben die Überführung eines Verhafteten durchzuführen.«

Zu Sven und Marco sagte er: »Ich traue dem Frieden hier nicht. Mein Wagen steht drüben auf der anderen Straßenseite, rund einhundert Meter entfernt. Ihn ungeschützt dorthin zu bringen, erscheint mir unter den gegebenen Umständen viel zu riskant.«

»Sie meinen …«

»Ja, nach allem, was wir inzwischen über diese Organisation wissen, denke ich, wir werden bereits beobachtet. Sie werden versuchen, einen oder vielleicht auch gleich mehrere lästige Mitwisser loszuwerden. Deshalb warten wir, bis mein Kollege da ist. Warum zum Teufel sind Sie eigentlich hierhergekommen und nicht, wie ich es Ihnen dringend geraten habe, im Wagen geblieben?«

»Weil wir gehört haben …«

»Gehört?«

»Den Schuss sowieso und außerdem …«, sagte Sven und zog das Richtmikrofon aus der Umhängetasche, in der er es wieder verstaut hatte.

Francisco Esteban staunte nicht schlecht und sagte dann scharf: »Sie wissen ja, dass es verboten ist, solche Geräte nach Spanien einzuführen? Wie haben Sie das durch die Sperre … ach was, ich will's gar nicht wissen.«

Dann starrten sie noch eine Weile lang schweigend zu Boden, bis zuerst der Notarzt, der im Grunde nicht mehr benötigt wurde, eintraf. Da er schon einmal da war, sah er sich den Streifschuss an, den der Beamte Gonzales zugefügt hatte, und verband ihn. Dann fuhr er wieder ab. Kurz darauf kamen Spurensicherung und Gerichtsmediziner und zum Schluss der neue Kollege von Esteban.

»Na, da haben Sie gleich den richtigen Einstieg in Ihren neuen Job«, sagte er zu ihm und bat ihn, seinen Wagen so vor den Eingang zu fahren, dass der Weg von der Haustür zum Auto möglichst kurz würde.

»Glauben Sie …«, fragte der Neue nur, und Esteban antwortete, ohne ihn ausreden zu lassen: »Hier ist gerade etwas ganz gewaltig am Eskalieren, da weiß man nie.«

Erst jetzt fiel Antonio Fuentes, so hieß der neue Kollege, auf, dass mit Marco und Sven zwei polizeifremde Personen im Raum waren.

»Wer sind denn die beiden?«, fragte er, »auch Ganoven?«

»Nein, nein. Das ist Sven Stettner, der Sohn des Mannes, der zusammen mit Hernandez verhaftet wurde, und Marco Ferreira, der Sohn …«

»Ich weiß, des Journalisten. Aber warum …«

Francisco Esteban unterbrach ihn und erklärte ihm in Kurzform die Zusammenhänge. Dann schloss er mit den Worten: »Holen Sie den Wagen, diese Leute kennen Sie noch nicht und können Sie nicht einordnen. Außerdem wissen die vermutlich nicht, wie viele von uns hier drinnen die Stellung halten. Solange die nicht ein freies Schussfeld auf Gonzales haben, wagen die sich ganz bestimmt nicht aus der Deckung. Außerdem glaube ich nicht, dass sie mehr als ein oder höchstens zwei Leute hier vor Ort haben. Im Moment sind Sie deshalb draußen noch relativ sicher … Aber man weiß nie, passen Sie trotzdem auf sich auf.«

Fuentes verschwand, und als er nicht einmal zehn Minuten später wieder den Raum betrat, sagte er: »Draußen ist alles ruhig, soweit ich das im Moment beurteilen kann. Lassen Sie uns jetzt schnell gehen.«

»Warten wir noch einen Moment. Gleich müsste der Leichenwagen kommen, der Frau Hernandez in die Gerichtsmedizin bringt. Der kann uns zusätzlich noch als Deckung dienen.«

»Sollten wir dann nicht besser gleich einen gepanzerten Gefangenentransporter mit Begleitschutz anfordern?«

»Gern, wenn Sie wissen, wo wir den hernehmen sollen. Hier auf Mallorca haben wir nur zwei. Das hat immer gereicht, aber einer steht seit Wochen in der Werkstatt, weil ein Ersatzteil am Motor fehlt, und der andere hat ausgerechnet heute seinen schon lange geplanten Inspektionstermin.«

»Und wie wäre es wenigstens mit Verstärkung?«

»Ich habe in Palma angerufen, und man ist dort der Ansicht, dass wir, die hohen Herren aus Madrid, wie sie uns verächtlich nennen, ganz schön übertreiben. Die sind ohnehin schon sauer, dass wir ihnen vor die Nase gesetzt wurden. Sie meinen, wir würden uns nur wichtigmachen. Meine Befürchtungen seien unbegründet. Im Moment sind alle verfügbaren Leute im Einsatz – angeblich. Dann habe ich in Manacor angerufen und um drei Streifenwagen gebeten. Sie haben mir zwei zugesagt, das kann aber etwas dauern.«

»Dann muss es eben unter Umständen auch so gehen. Mit was müssen wir eigentlich genau rechnen?«

»Auch wenn das Ganze hier für die Organisation langsam aus dem Ruder läuft, halte ich es zumindest im Moment noch für unwahrscheinlich, dass sie hier ein Blutbad anrichten. Dann würde es hier auf Mallorca in drei Tagen nur so von Madrider Beamten wimmeln. Das können die unmöglich wollen. Also werden sie es so machen, dass wir glauben, das Ganze mit wenigen Beamten lösen zu können. Das heißt im Klartext aber auch, dass sie ihre Leute an den Schaltstellen der Macht haben und somit auch genau wissen, dass Madrid mitmischt und was wir hier tun.«

Kurz darauf fuhr der Leichenwagen vor, und Francisco Esteban sagte auf Deutsch zu Sven und Marco: »Ich denke, jetzt ist es am ungefährlichsten für Sie. Wenn die wirklich Gonzales erwischen wollen, was ich immer noch für denkbar halte, begeben sie sich nicht vorzeitig aus der Deckung. Gehen Sie zu Ihrem Wagen und fahren nach Palma ins Polizeiquartier. Ich möchte noch heute ausführlich mit Ihnen sprechen.«

Sven, dem es genau wie Marco jetzt doch ganz schön mulmig wurde, fragte: »Kommen Sie mit raus?«

»Okay, machen wir es so: Sie gehen raus zu Ihrem Wagen, und wir bringen gleichzeitig Gonzales zum Auto.«

In dem Augenblick kamen auch die beiden Streifenwagen aus Manacor vorgefahren, die Beamten stiegen aus und gingen ins Haus. Nachdem Esteban ihnen die Lage erklärt hatte, sagte der ranghöchste der vier Polizisten, der Sven und Marco von ihrer Inszenierung einige Tage zuvor wiedererkannte: »Was machen die zwei denn hier? Sind das etwa auch Verbrecher? Sollen wir sie verhaften?«

»Nein, sie haben uns geholfen. Ihnen das jetzt genau zu

erklären würde zu weit führen. Können Sie die beiden zu ihrem Wagen eskortieren?«

»Alles klar«, sagte der Beamte und es klang unterwürfig. Aber wenn man genau hinhörte, hörte man den Ärger über die scheinbare Bevormundung durch Esteban heraus. Aber er ging ohne zu zögern mit Sven und Marco hinaus.

Er begleitete die jungen Männer bis zu Marcos Auto, das gut geschützt dicht an einer Hauswand stand. Dabei beobachtete er, wie Francisco Esteban es ihm aufgetragen hatte, genau die Umgebung, aber es blieb alles ruhig. Niemand schien Notiz von ihnen zu nehmen. Francisco Estebans Sorgen schienen wirklich unbegründet und, wie alle drei insgeheim glaubten, vielleicht auch ein wenig übertrieben zu sein.

Als Marco und Sven eingestiegen waren, sagte der Beamte: »Sie können jetzt fahren«, dann ging er, ebenfalls unbehelligt, zum Haus zurück.

Marco startete den Wagen jedoch nicht und blieb ruhig im Auto sitzen.

»Warum fährst du nicht los?«

»Weil ich wissen will, ob Esteban wirklich recht hat. Im Ernstfall sind wir hier weit genug weg und sicher, haben aber dennoch ein freies Sichtfeld.«

»Du meinst also wirklich, er könnte damit richtig liegen?«

»Man weiß nie.«

Sven bewunderte Marcos Mut und bekam so langsam eine genauere Vorstellung davon, wie es Peter als Privatdetektiv öfters erging. Aber anstatt Abstand von den vor seiner Mutter geheim gehaltenen Berufswünschen zu nehmen, wurde er nur darin bestärkt, selbst Detektiv werden zu wollen.

Sie brauchten keine zwei Minuten zu warten, bis Marco plötzlich sagte: »Achtung, es geht los.«

Als Erstes kamen zwei der Beamten aus Manacor aus dem Haus und bauten sich neben dem Wagen auf. Dann kam Francisco Esteban mit seinem Gefangenen, und hinter ihnen folgten die beiden anderen uniformierten Beamten. Noch immer war alles ruhig.

Plötzlich glaubte einer der beiden Beamten, die zuerst den Wagen gesichert hatten, eine Bewegung auszumachen. Gegenüber von Hernandez' Haus war eine große Villa mit einem riesigen Garten. Dort gab es jede Menge altem Baumbestand. Blitzschnell zog er seine Waffe und legte an, doch dann musste sein Kollege lachen.

»Pass gut auf, sonst erschießt du am Ende noch den armen alten Kater dort drüben«, sagte er.

Tatsächlich erschien in diesem Moment ein recht fetter Kater auf der Begrenzungsmauer des Grundstücks und stolzierte auf der Mauerkrone entlang. Sofort entspannten sich die Züge der Beamten wieder, Esteban ließ Gonzales auf die Rückbank klettern und durchrutschen, dann stieg er ein. Die vier Beamten standen derweil um den Wagen herum und sicherten alles ab, während Fuentes am Steuer Platz nahm.

Genau in dem Moment, als er den Wagen startete, geschah es. Ein einzelner, gut gezielter Schuss durchschlug die Seitenscheibe des Wagens und traf Gonzales am Oberkörper. Der sackte bewusstlos zur Seite. Esteban ließ sich augenblicklich aus der noch offenen Wagentür rollen, richtete sich sofort wieder auf und hatte dabei bereits seine Pistole im Anschlag. Mit gründlichen Blicken suchte er das Gartengrundstück ab. Plötzlich sah er etwas in einem Baum. Gleichzeitig hatte einer der uniformierten Beamten dieselbe Entdeckung gemacht, und beide feuerten nahezu synchron in eine Richtung. Der Scharfschütze, der auf der unteren Astgabelung der alten Eiche in etwa drei Metern Höhe stand, konnte unmöglich auf beide gleichzeitig schießen, deshalb feuerte er einige, wenig präzise Schüsse in deren Richtung. Einer davon hatte dennoch sein Ziel nicht verfehlt. Francisco Esteban verzog das Gesicht zu einem schmerzverzerrten Grinsen, denn ein Schuss hatte seinen Arm gestreift und war in der Wand von Juan Hernandez' Haus stecken geblieben.

»Nicht so schlimm«, sagte er zu dem Beamten, der zeitgleich mit ihm geschossen hatte, und während der seinem Kollegen folgte und ebenfalls zum Gartengrundstück hinüberrannte, beugte sich Francisco Esteban in den Wagen zu Gonzales, den es um einiges schlimmer als ihn erwischt hatte. Die Kugel war seitlich in Höhe der oberen Rippen in seinen Oberkörper eingedrungen und nicht wieder ausgetreten. Die Wunde blutete sehr stark, und Gonzales, der inzwischen noch einmal zu Bewusstsein gekommen war, schien äußerst heftige Schmerzen zu haben.

»Fahren wir ihn in die Klinik, aber schnell«, sagte Esteban, aber dann sah er, dass Gonzales, dessen Blick langsam glasig wurde und der zu spüren schien, dass es mit ihm zu Ende ging, ihm etwas sagen wollte. Er packte Estebans Arm, öffnete den Mund, klappte ihn wieder zu, nahm einen letzten verzweifelten Anlauf und röchelte mit letzter Kraft: »Llamas rojas, llamas rojas.« Dann starb er.

»Scheiße«, sagte Esteban nur, dann sah er, dass die Beamten, die den Schützen verfolgt hatten, zurückkamen.

»Was gibt's?«, fragte er sie.

»Er konnte entkommen, aber wir haben ihn getroffen, er verliert reichlich Blut. Weit kommt der nicht. – Oje, Sie hat es auch erwischt?«

»Nicht schlimm. Hört fast schon wieder auf zu bluten. Aber mein gutes Sakko ist ruiniert. Helfen Sie mir mal beim Verbinden.« Zu Fuentes am Steuer sagte er: »Versuchen Sie doch den Gerichtsmediziner zu erreichen, bevor er wieder in Palma ist. Gehen Sie bitte zur Spurensicherung rein und zeigen ihnen, wo sie weitermachen können. Sie sollen Gonzales' Auto und auch seine Wohnung nicht vergessen.«

»Das Erste habe ich schon erledigt, er ist auf dem Weg hierher. Das andere mache ich gleich.«

Gerade als Estebans neuer Kollege fragte: »Was hat Gonzales Ihnen da gerade zugeflüstert?«, traten Marco und Sven hinzu, die alles aus ungefähr achtzig Metern Entfernung mit angesehen hatten, und Marco sagte selbstbewusst: »Das wüsste ich auch gern.«

»Warum sollte ich Ihnen das sagen?«, fragte der sonst so zugängliche Beamte etwas barsch zurück, aber Marco führte das auf seine Schmerzen am Arm zurück und sagte ruhig: »Weil wir Ihnen auch etwas dafür zu bieten haben.«

»So, was?«

»Der Schütze ist auf einem blauen Motorrad mit Sonderlackierung geflohen, einer Siebenhundertfünfziger-Honda. Das Kennzeichen habe ich auch.«

Esteban ließ sich die Nummer geben und war dadurch etwas besänftigt: »Okay, warum sollten Sie es nicht wissen. Er hat schon fantasiert und wahrscheinlich schon das Höllenfeuer vor sich gesehen, in dem er braten würde. Jedenfalls hat er andauernd ›Llamas rojas‹ gemurmelt, rote Flammen.«

Auch Sven und Marco konnten nichts mit diesen letzten Worten anfangen, und so sagte Marco stattdessen: »Wir sind dann heute Nachmittag um sechzehn Uhr bei Ihnen im Büro, das ist doch okay?«

11.

Inzwischen hatte es sich sogar bis ins Gefängnis von Palma herumgesprochen, dass berechtigte Zweifel an der Täterschaft von Juan Hernandez und Peter Stettner bestanden, und es war ein erneuter Haftprüfungstermin für den Donnerstagvormittag angesetzt worden. Burkhard Pfannmöller und sein spanischer Kollege waren recht zuversichtlich, die beiden freizubekommen. Lediglich dass es bis jetzt nur den Beamten aus Madrid als Ohrenzeuge des Geständnisses von Gonzales, aber keine weiteren Beweise für deren Unschuld gab, konnte die Sache noch ausbremsen. Den Mitschnitt des Gesprächs zwischen Gonzales und seiner Lebensgefährtin, den Sven und Marco angefertigt hatten, wollte der Richter nicht gelten lassen, da er illegal zustande gekommen war. Esteban hatte ihn, um die beiden jungen Männer zu schützen, auf seine Kappe genommen.

Aber davon wussten selbst Dr. Pfannmöller und Javier Lopez noch nichts, als sie am späten Mittwochnachmittag im Gefängnis waren, um den beiden Mut zu machen.

Nachdem Sven und Marco kurz nach achtzehn Uhr das Polizeigebäude verlassen hatten, fuhren sie zuerst eine ganze Weile schweigend nach Norden, bevor Sven seine Mutter anrief und fragte: »Du hast doch nichts dagegen, wenn ich mit zu Marco fahre, oder?«

»Tu, was du willst, du machst ohnehin nur noch das, was dir in den Sinn kommt«, war Annikas Antwort, die man auch ohne eingeschalteten Lautsprecher an Svens Handy vom Fahrersitz aus gut verstehen konnte.

»Oha, deine Mutter ist aber sauer«, sagte Marco, und Sven meinte: »Noch knapp drei Monate, dann kann mir das völlig egal sein. Ich fliege gleich nach meinem Achtzehnten hierher, und dann holen wir den verpassten Urlaub nach.«

»Äh, ja …«, begann Marco, brach dann aber ab, da sie mittlerweile in Port de Sóller angekommen waren.

Im Hause Ferreira wurde Sven wie ein guter Freund begrüßt, den man lange nicht gesehen hatte, und erst einmal zum gemeinsamen Abendessen eingeladen. Danach setzten sich die beiden jungen Männer mit Marcos Eltern ins Wohnzimmer und berichteten, was sie am Tag alles erlebt hatten. Hermann Ferreira standen die Haare zu Berge, als er hörte, wie dramatisch sich die Lage zugespitzt hatte, war aber zugleich auch ungemein stolz auf seinen Sohn. Isabel Ferreira, die solche Eskapaden bislang nur von ihrem Mann kannte, schwieg.

Hermann Ferreira schenkte ihnen allen die Gläser noch einmal voll, und als er bei seinem Glas ankam, war die Flasche leer.

»Bleib sitzen und gib her, ich gehe in den Keller«, sagte sie, als ihr Mann aufstehen wollte, nahm die leere Flasche und verschwand.

»Wie war das«, fragte Hermann, als seine Frau draußen war, neugierig, »war dieser Kommissar Gonzales sofort tot, oder konnte er noch etwas sagen?«

»Leider nichts, oder besser, nichts wirklich Sinnvolles. Es wäre zu schön gewesen, wenn er noch reinen Tisch gemacht hätte. Aber diesem Kommissar Esteban nach hat es leider nur wenige Sekunden gedauert, bis er verstarb. Er muss im Todeskampf schon die Hölle vor sich gesehen haben, in dem er glaubte, braten zu müssen, denn er hat drei oder vier Mal ›Llamas rojas‹ gemurmelt, bevor er starb.«

»Sven, was du da erzählst, klingt aber reichlich sonderbar«, sagte der erfahrene Journalist zum Freund seines Sohnes. »Auch wenn ich mir im Moment darauf noch keinen Reim machen kann, könnte das vielleicht auch ein Teil einer Botschaft gewesen sein. Einfach rote Flammen, rote Flammen zu murmeln … Ich würde so nicht unbedingt das Höllenfeuer beschreiben, oder sehe ich das falsch?«

Dann kam Isabel Ferreira aus dem Keller zurück und hatte gleich zwei Flaschen Rotwein und, o Wunder, auch gleich einige Tapas dabei. Mit Rücksicht auf seine Frau wechselte Hermann erst einmal das Thema, aber dass es ihn weiterhin beschäftigte, merkte man ihm an; auch Isabel.

Als die zum dritten Mal vom letzten Urlaub zu erzählen begann und er wiederholt bestätigte, dass sie in Österreich gewesen seien, hatte sie genug.

»Hermann, was ist los. Ich erzähle, wir waren in Österreich, und du sagst Ja dazu, obwohl wir in der Schweiz waren. Du grübelst doch über etwas nach. Nun rück schon raus damit, sonst findet das kein Ende.«

»Schatz, woran denkst du, wenn ich ›rote Flammen‹ sage?«

»An nich… nein, stimmt nicht, aber das ist zu idiotisch.«

»Los, raus damit«, forderte Hermann Ferreira, »nichts kann so idiotisch sein, dass es nicht wahr sein könnte.«

»Also gut, an eine ausgestorbene Pflanze.«

»Ausgestorbene Pflanze, äh ja …«, sinnierte Hermann Ferreira, »da war was. Botanik ist nicht gerade meine

Stärke, aber ja, vor einigen Wochen habe ich dazu irgendetwas in der Zeitung gelesen.«

»Kann es sich dabei um einen Baum oder Strauch gehandelt haben?«, fragte Sven, der sich von Ferreiras Gedanken anstecken ließ.

»Genau, jetzt fällt es mir wieder ein«, rief Marcos Vater aus. »Dieser strauchartige Baum, der am Stamm ein bisschen wie ein knorriger Olivenbaum aussieht, nach oben hin aber mehr wie ein Strauch, war im Mittelalter in ganz Spanien weit verbreitet. Inzwischen ist er leider ausgestorben. Seine zahlreichen Blüten sehen aus wie lauter kleine rote Flammen. Daher kommt ja dieser Name. Nur – was wollte Gonzales damit sagen? Das gibt doch noch weniger Sinn, oder?«

»Vielleicht doch«, rief Sven aufgeregt in die Runde. »Mir fällt nämlich gerade auch etwas dazu ein. Ich glaube, ich habe ebenfalls einen Artikel dazu gelesen. Ich rufe schnell mal Stefan an.«

Er zog sein Handy aus der Tasche, und während er die Nummer von Stefans Mobiltelefon wählte, trank er vor Aufregung sein viertes Rotweinglas in einem Zuge aus.

Da es inzwischen schon deutlich nach zweiundzwanzig Uhr war und die Zwillinge bereits schliefen, waren Stefan und Verena an der Hotelbar. Als er Svens schon leicht lallende Stimme am Telefon erkannte, sagte Stefan grinsend: »Hast du dich nicht verwählt? Wolltest du vielleicht deine Mutter sprechen?«

»Nein, ich brauche deine Hilfe«, hörte er Sven sagen, »aber du müsstest zu meiner Mutter gehen.«

»Soll ich gut Wetter für dich machen?«

»Nein, aber ich brauche etwas von Peter, und wenn ich sie darum bitte, ist sie vielleicht sauer und legt auf.«

»Da könntest du recht haben.«

»Habt ihr schon gehört, was heute geschehen ist?«

»Inzwischen ja, allerdings. Deshalb ist deine Mutter ja so sauer, dass du nicht hier bist. Okay, Schwamm drüber, ich merke schon, dass es dir wichtig ist. Was brauchst du?«

»Du kennst doch Peters großen gelben Reiseführer, mit dem er die letzten Tage vor der Abreise ständig rumgelaufen ist.«

»Ja, aber deswegen ...«

Weiter ließ Sven Stefan gar nicht kommen, er sagte nur: »Nein, es geht um Peter und seine Unschuld. Wir sind da ganz nah an etwas dran. Lass ihn dir von meiner Mutter geben. Du musst was für mich nachschlagen.«

»Jetzt gleich?«

»Was meinst denn du? Nächste Woche?«

»Ich muss erst hochgehen. Annika hat sich heute schon sehr früh hingelegt, denn sie hat heftiges Kopfweh.«

»Bitte mach schnell«, hörte er Sven noch sagen, dann legte er auf und ging, da Verena mitgehört hatte und Bescheid wusste, zum Aufzug.

Er fuhr in die dritte Etage hinauf, ging zu Peters und Annikas Zimmer und klopfte an.

Als wenn Annika nur darauf gewartet hätte, dass jemand sie besuchen käme, schwang die Tür augenblicklich auf, und sie sagte bei Stefans Anblick fast schon enttäuscht: »Ach, nur du.«

»Wen hast du denn erwartet?«

»Dr. Pfannmöller, der mir gute Nachrichten mitbringt, oder wenigstens Sven, der mal wieder nach Hause kommt.«

»Wegen Sven bin ich da.«

»Ist etwas passiert?«, fragte Annika erschrocken, und Stefan beruhigte sie: »Nein, er ist bei den Ferreiras zu Besuch.

Er lässt nachfragen, ob du auf die Schnelle Peters gelben Reiseführer greifen kannst.«

Wenn die Chance bestanden hatte, dass man Annikas Verärgerung über ihren Sohn noch steigern konnte, das war sie.

»Ach, traut sich der junge Herr nicht, selbst hier anzurufen? Braucht er Infos zum Sightseeing? Und wir sollen sie …«

»Das genau ist der Grund, warum er dich nicht angerufen hat. Er hatte Angst, du legst einfach auf. Er sagte, es geht um Peter und seinen Unschuldsbeweis.«

»So? Du glaubst aber auch alles. Na gut, hier ist das gute Stück«, sagte Annika und reichte Stefan das Buch. »Aber ruf ihn von hier aus an und sprich mit ihm. Ich will wissen, um was es geht.«

Stefan kam gar nicht auf die Idee, Annika zu widersprechen, so bestimmend hatte sie zu ihm gesprochen.

Er wählte die Nummer und hatte Peters Stiefsohn nahezu augenblicklich am Apparat.

»So, was soll ich für dich nachschlagen?«, fragte er.

»Geh ins Stichwortverzeichnis und suche nach dem Begriff rote Flammen. Oder auch Llamas rojas. So heißt die Pflanze auf Spanisch.«

Stefan tat, worum ihn Sven gebeten hatte, und fand sie schließlich in einem Artikel über den Garten von Alfabia.

Er las vor: »Diese Pflanze, Llamas rojas, die bis vor wenigen Jahren als ausgestorben galt, wird im Volksmund so genannt, weil ihre Blüten …«

»Das weiß ich schon«, unterbrach Sven ihn brüsk, »ich muss unbedingt wissen, ob es hier auf Mallorca irgendwo eine solche Pflanze gibt.«

»Dazu komme ich jetzt. Durch Zufall wurde im Garten

von Alfabia vor drei Jahren ein junger Baum davon entdeckt, und niemand weiß, wie er dort hingekommen ist, da es sonst in ganz Spanien keinen Baum dieser Art mehr gibt. Da dieser strauchartige Baum, der nur unter guten Bedingungen sehr alt wird, erst im Alter von fünf Jahren zu blühen beginnt, konnte er so lange unentdeckt bleiben. Inzwischen wurde die wunderschöne, aber hochempfindliche Pflanze in den nichtöffentlichen Teil der Anlage umgepflanzt, und es wird mit Hochdruck daran gearbeitet, Ableger …«

»Okay, danke, das war es, was ich wissen wollte«, sagte Sven und legte auf, bevor Stefan fragen konnte, was das alles zu bedeuten hatte.

Genau wie Annika starrte er das stumme Telefon in seiner Hand noch einige Sekunden lang kopfschüttelnd an, dann sagte er: »Danke, Annika«, und ging nachdenklich zurück zu Verena, die nun schon eine ganze Weile allein an der Hotelbar saß.

Aber auch im Wohnzimmer der Ferreiras wurde die Ratlosigkeit nicht weniger, als Sven verkündete: »Einen einzigen Baum dieser Art gibt es noch in Spanien. Und der steht ausgerechnet nicht sehr weit von hier, im Garten von Alfabia.«

»Was wollte Gonzales damit sagen, dass er ausgerechnet auf diese Pflanze verwies?«, fragte Hermann Ferreira in die Runde und schenkte mit dem Rest der dritten Flasche an diesem Abend die Gläser der kleinen Runde ein letztes Mal voll.

»Ich fürchte, heute Abend werden wir das nicht mehr herausfinden«, sagte Sven mit inzwischen reichlich schwerer Zunge, »deswegen sollten wir langsam schlafen gehen. Morgen früh sehen wir klarer.«

»Das stimmt«, pflichtete Hermann Ferreira ihm bei, und Marco nahm Sven mit in sein Zimmer.

Dass ihnen auch im zweiten Anlauf eine heiße Liebesnacht verwehrt blieb, lag daran, dass Sven es nicht gewohnt war, mehr als zwei Gläser Wein zu trinken.

Am nächsten Morgen, es war noch ziemlich früh, geisterte Sven bereits durch das Haus. Auf dem Weg zur Toilette begegnete er Hermann Ferreira, den ebenfalls die Frage, was Leon Gonzales mit dem Garten von Alfabia verband, keine Ruhe ließ.

»Peter ist ein netter Kerl, und Hernandez hat es auch nicht verdient, zu Unrecht im Knast zu sitzen«, sagte er zu ihm. »Aber am allerbesten finde ich, dass du deinem Stiefvater so tatkräftig zur Seite stehst. Du bist schwer in Ordnung. Ich würd mich echt freuen, wenn das mit dir und Marco was Längerfristiges würde.«

Sven wurde ganz verlegen bei so viel Lob und stotterte: »Äh, ja … das …«, dann lenkte er das Gespräch in andere Bahnen: »Wir müssten irgendjemanden fragen können, der über Gonzales Bescheid weiß.«

In dem Moment kam Marco schlaftrunken aus seinem Zimmer und fragte: »Wen willst du worüber befragen?«

»Irgendjemanden, der uns sagen kann, was Gonzales mit Alfabia zu tun hat. Vielleicht kommen wir so weiter«, sagte Sven, und Hermann Ferreira fügte nachdenklich hinzu: »Ich glaube, ich weiß auch schon, wen ich da fragen könnte.«

»Wen denn, Papa? Du hörst dich an, als wüsstest du wirklich schon jemanden«, meinte Marco verwundert zu seinem Vater.

»Stimmt. Ich habe vor nicht einmal zwei Monaten im

Rahmen eines Fernsehberichts ein Interview mit dem Beauftragten für Parks und Gärten bei der Bezirksregierung der Balearen geführt. Damals plante man die finanzielle Ausstattung aller Gärten so drastisch herunterzufahren, dass einige von ihnen für den Publikumsverkehr hätten geschlossen werden müssen. Da meine Reportage in seinen Augen fair und ausgewogen war, hat er gesagt, wenn ich einmal eine Auskunft bräuchte, die ich sonst nirgends bekäme, er würde versuchen, mir zu helfen. Dass das schon so bald der Fall sein könnte, hatte ich damals nicht gedacht. Gleich nach dem Frühstück rufe ich ihn an.«

Gespannt, was dieses Gespräch wohl ergeben würde, zogen Sven und Marco sich schnell an, und als sie wenig später im Esszimmer erschienen, war der Frühstückstisch schon gedeckt.

Isabel Ferreira sagte zu ihnen: »Setzt euch und langt tüchtig zu«, und zu Marco meinte sie: »Dein Vater hat noch ein wichtiges Telefonat, er kommt gleich.«

Sven und Marco sahen sich an und wussten, dass sie das Gleiche dachten: Hermann Ferreira hatte nicht bis nach dem Frühstück warten wollen.

Genau so war es. Als der Journalist nicht einmal zwei Minuten später ins Esszimmer kam, sagte er grinsend: »So, was dieser Kommissar Gonzales mit Alfabia zu tun hat, weiß ich jetzt. Nun müssen wir nur noch herausbekommen, was dort hätte stattfinden sollen. Ein Treffen mit seinem Gangsterboss vielleicht?«

»Erzähl mal, was hat er denn damit zu tun?«

»Nachdem die staatlichen Gelder gekürzt worden waren, hat man, um zu überleben, nicht nur Sponsoren, sondern auch ehrenamtliche Helfer gesucht. Gonzales war beides. Mein Informant hat seinerseits ein kurzes Telefonat mit dem

Gartendirektor geführt. Nun wissen wir, dass Gonzales den Garten jährlich mit einer größeren Summe unterstützt und außerdem selbst regelmäßig dort geholfen hat. Er muss, wie man mir sagte, ein begnadeter Gärtner gewesen sein.«

»Dann sollten wir jetzt Francisco Esteban anrufen«, sagte Marco, »denn er kann die Leute dort ganz offiziell befragen. Uns würden sie wohl kaum die Auskünfte geben, die wir haben wollen. Vielleicht bekommt er so heraus, was Gonzales uns mit dem Hinweis auf diesen Baum sagen wollte.«

»Ich würde lieber selbst …«, begann Sven, aber auch Hermann sagte: »Du musst bedenken, dass es sich bei Leon Gonzales um einen großzügigen Förderer und Unterstützer des Parks gehandelt hat, der bislang auch noch ein angesehener Bürger dieser Insel war. Die würden euch, zwei ihnen völlig Unbekannten, bestimmt nichts sagen, was das Ansehen dieses Mannes beschmutzen könnte.«

»Das stimmt schon«, sagte Sven, »aber ich habe noch eine andere Idee. Was ist, wenn es gar nicht um ein bevorstehendes Treffen ging, sondern Gonzales vielleicht etwas dort vergraben hat – ein Beweisstück vielleicht …«

Kaum hatte Sven diese Vermutung geäußert, war Marco mit einem Mal hellwach: »Ja, verdammt, da war was. Lass mich kurz nachdenken.« Nach einigen Sekunden des Schweigens sagte er: »Juanita Hernandez hat Aufzeichnungen erwähnt, die Gonzales hätte. Die müssen es sein, die dort vergraben sind.«

»Warum weiß ich davon nichts?«, fragte Sven verwundert.

»Es waren die letzten Worte von Juanita Hernandez, bevor die Ereignisse sich überschlugen. Da blieb keine Zeit mehr für mich zum Übersetzen. Später, in all dem Durcheinander, habe ich das glatt vergessen.«

»Dann sollten wir uns beeilen, diesen Esteban zu erreichen«, sagte Hermann Ferreira, ließ sich von Sven, der selbst zu aufgeregt war, um mit dem Beamten zu sprechen, die Nummer geben, nahm sein Mobiltelefon und rief an.

Eine halbe Stunde später waren Sven und Marco bereits auf dem Weg nach Alfabia. Francisco Esteban hatte zwar gemeint, es sei unnötig, dass sie selbst hinkämen, aber sie hatten damit argumentiert, dass man sie, die den vielleicht entscheidenden Hinweis gegeben hatten, zumindest aus moralischer Sicht jetzt nicht ausschließen könne. Das hatte den Ausschlag dafür gegeben, dass er zögernd zugestimmt hatte, sich um elf Uhr mit ihnen vor dem Tor zum Garten zu treffen.

Gleichzeitig mit ihnen kam auch Stefan an, der von Sven über die neuesten Entwicklungen im Mordfall Gonzales auf dem Laufenden gehalten worden war und nicht länger außen vor bleiben wollte.

Als kurz darauf die Limousine von Kommissar Esteban vorfuhr, sagte er bei Stefans Anblick resignierend: »So hatte ich mir das aber nicht vorgestellt. Ich wollte eigentlich ganz diskret nachsehen, ob ich etwas finde. Es soll schließlich nichts bis zu dieser Organisation durchdringen, deren Hintermänner und Köpfe wir noch immer nicht kennen und die schließlich überall sein können. Da hätte ich auch gleich ein ganzes Team der Spurensicherung mitbringen und den Garten von vorn bis hinten umgraben lassen können. Aber gut, gehen Sie dann offiziell als Besucher in den Garten und warten in der Nähe des abgesperrten Teils. Da gehe ich allein rein.«

Notgedrungen stimmten sie dieser Regelung zu und stellten sich in der Schlange an der Kasse an, während

Francisco Esteban nur seinen Polizeiausweis vorzuzeigen brauchte und zum Direktor geführt wurde.

Als sie an der Abtrennung des offiziellen vom gesperrten Teil des Gartens ankamen, hörten sie schon, dass der Beamte lautstark mit dem Direktor stritt. Aber wirklich verstehen, was die beiden besprachen, konnte nur Marco. Selbst Stefan, der inzwischen leidlich Spanisch sprach, bekam nur so viel mit, dass der Beamte aus Madrid dem Direktor mit ernsthaften Konsequenzen drohte.

»Er hat verkündet, den Baum ausgraben lassen, wenn er nicht augenblicklich den vollen Zugang zum abgesperrten Gelände bekommt«, übersetzte Marco.

Dann wurde es still, und es schien so, als ob Esteban endlich Zugang zu dem Baum bekommen hätte. Stefan, Marco und Sven warteten geduldig auf einer Bank in der Nähe zur Eingangstür in den abgetrennten Bereich, doch als es eine halbe Stunde später immer noch still war, wurde Sven langsam unruhig.

»Ich geh jetzt da rein«, sagte er, und noch bevor einer der beiden anderen reagieren konnte, war er aufgesprungen und zur Tür gesprintet.

Glücklicherweise war sie unverschlossen. Er sah sich um, entdeckte Esteban, der den Baum noch immer gründlich untersuchte, und trat zu ihm. Er schien auch an verschiedenen Stellen gegraben zu haben, jedoch ohne Erfolg. Neben ihm stand der Direktor und beäugte jeden seiner Handgriffe misstrauisch.

Als er den jungen Mann erblickte, legte er los. Eine Schimpfkanonade in breitestem Mallorquin ergoss sich über Sven, der nichts davon verstand.

Nun drehte sich auch Esteban zu ihm um und sagte: »Ich bin froh, dass ich den Direktor dazu überreden konnte, mich hier suchen zu lassen. Gehen Sie bitte raus, bevor er es sich anders überlegt.«

»Okay, aber vorher möchte ich gern noch eine weitere Überlegung loswerden. Gibt es Aufzeichnungen zu den Nachzüchtungsversuchen der roten Flammen, wenn ja, wer hat sie verwaltet, und wo?«

Der Beamte starrte Sven einige Sekunden lang entgeistert an, dann übersetzte er Svens Frage ins Spanische, und der Direktor antwortete umgehend.

Darauf sagte Kommissar Esteban zu Sven: »Donnerwetter, das war eine verdammt gute Idee. Diese Nachzüchtungen waren ein Hobby von Gonzales. Er hat sie initiiert und gemeinsam mit einem Gärtner der Anlage ausgeführt. Da er ein großzügiger Förderer der Parkanlage war, ließ man ihn nahezu ungehindert gewähren. Die Aufzeichnungen dazu hütete er wie seinen Augapfel. Sie sind in der Baracke in einer Schublade. Da durfte niemand anderer dran. Er begründete das damit, dass ihre Forschungen zu einer erfolgreichen Nachzucht so geheim wie möglich bleiben sollten und bei einem Erfolg nur ihm und dem Garten zugutekommen sollen.«

Sven wollte schon wieder nach draußen zu den anderen gehen, aber zu seiner Verwunderung fügte Esteban dann hinzu: »Okay, kommen Sie schon mit, das sehen wir uns gemeinsam an.«

Sven folgte dem Beamten und dem Direktor, der froh war, dass der Kriminalist die roten Flammen endlich in Ruhe ließ, in die Baracke, und der Direktor zeigte ihnen die Schublade, in der die Aufzeichnungen verwahrt wurden. Sie räumten alles aus und nahmen jedes Schriftstück in die Hand, doch alles drehte sich um Botanik.

Gerade als Sven sagte: »War wohl doch so keine gute

Idee«, zog Esteban die Schublade ganz heraus und drehte sie um.

Sofort überflog ein Lächeln die Gesichter der beiden Männer, und der Beamte ließ Sven den Vortritt dabei, den sorgfältig festgeklebten Umschlag von der Unterseite der Schublade zu lösen. Dann nahm er ihn entgegen, öffnete ihn und sah eine Telefonnummer. Der Kommissar sah sofort, dass es sich um eine Mobilfunknummer handelte, dahinter stand die Zahl 18 und das Wort »Code«. Sonst nichts.

»Was soll denn das?«, sagte er. »Ist der Code die Zahl achtzehn, oder hat er vergessen, das Wort hinzuschreiben? Aber so gründlich, wie er vorgegangen ist, kann ich mir das nicht vorstellen. Nun ja, ich werde versuchen herauszubekommen, auf wen das Handy registriert ist. Dann sehen wir weiter.«

Danach verließen die beiden den abgetrennten Bereich und stießen wieder zu den anderen. Triumphierend hielt Sven den Umschlag hoch und sagte: »Wieder ein Stück weiter, aber leider fehlt etwas.«

»Was denn?«, fragten Stefan und Marco, und Esteban erzählte es ihnen. Er schloss mit den Worten: »Ich halte Sie auf dem Laufenden, ich schätze, spätestens morgen früh rufe ich Sie an. Oder noch besser, seien Sie doch morgen früh um neun Uhr bei mir in meinem Büro im Polizeigebäude.«

Etwas enttäuscht, ab jetzt nicht mehr dabei zu sein, gingen die drei mit dem Kommissar zum Eingang des Parks. Zugleich war ihnen klar, dass der Beamte sie unmöglich an vielleicht kurz bevorstehenden Polizeiaktionen teilnehmen lassen konnte. Deshalb rangen sie ihm zur Sicherheit noch einmal das Versprechen ab, sich schnellstens zu melden, wenn sich etwas Neues ergeben sollte.

Als Francisco Esteban davongefahren war, fragte Stefan Sven: »Fährst du mit Marco, oder kommst du mit mir ins Hotel?«

»Ich sollte mich vielleicht mal wieder bei Mutti sehen lassen, oder?«

»Ja, ist vielleicht besser so. Ich nehm dich morgen früh mit nach Palma.«

Am Freitagmorgen hatte niemand um Stefan und Sven im Hotel Ruhe, und selbst die Zwillinge, die in Estebans Büro bestimmt fehl am Platze waren, wollten unbedingt mit. Auch Verena und Annika wollten es sich nicht nehmen lassen, aus erster Hand zu erfahren, was sich aus dem Fund am Vortag an neuen Aspekten ergeben hatte.

Deshalb wollten sie sofort nach dem Frühstück mit zwei Wagen nach Palma aufbrechen.

Vorher riefen sie aber noch bei Kommissar Esteban an, um sich anzumelden.

»Ja, kommen Sie meinetwegen alle hierher, denn es gibt so einiges an Neuigkeiten«, hatte er am Telefon gesagt. Da hatten sie das Frühstück stehen und liegen gelassen und waren noch schneller aufgebrochen.

Eine gute Stunde später kamen sie auf dem Parkplatz beim Polizeigebäude an. Marco, der von Sven rechtzeitig informiert worden war, erwartete sie schon draußen vor dem Haupteingang, was Annika ein etwas gequält resignierendes Lächeln entlockte.

Noch bevor Stefan, der die kleine Gruppe anführte, die Eingangstür aufdrücken konnte, ging sie auf, und Francisco Esteban nahm sie in Empfang.

»Kommen Sie schnell mit nach oben, ich denke, ich habe einige gute Nachrichten für Sie.«

Dann fuhren sie mit dem Aufzug in den ersten Stock, wo der Kommissar das Büro von Gonzales bezogen hatte. Er stellte denen, die ihn noch nicht kannten, seinen neuen Kollegen Antonio Fuentes vor und wartete, bis alle Platz genommen hatten. Selbst die Zwillinge, die für ihre sieben Jahre schon recht verständig und clever waren, saßen erwartungsvoll da.

Dann ließ er durch die Sekretärin Wasser für die Erwachsenen und Kakao für die Zwillinge kommen. Danach begann er: »Ich habe gestern Nachmittag noch lange hier gesessen und gegrübelt, was es mit der Telefonnummer und dem fehlenden Codewort auf sich haben könnte. Ich habe mich zuerst gar nicht getraut, dort anzurufen, denn wenn ich irgendetwas Falsches sagen würde, könnte es ja sein, dass diese Nummer dadurch unbrauchbar würde. Doch dann, es war ungefähr siebzehn Uhr dreißig, hatte ich die zündende Idee. Was die Handynummer bedeutet, war klar. Die Achtzehn hinter der Nummer konnte ja eigentlich nur heißen, dass man um Punkt achtzehn Uhr und zu keinem anderen Zeitpunkt diese Nummer anrufen soll, als zusätzliche Sicherung sozusagen. Das Codewort, das nicht dastand, könnte demnach einfach ›nichts‹ heißen.«

Kommissar Esteban machte eine Pause, und da es Sven nicht schnell genug ging, fragte er: »Und, war es so?«

»Ich habe also alles auf diese eine Karte gesetzt, um Punkt achtzehn Uhr dort angerufen und einfach: ›Codewort nichts‹ gesagt. Der Mann auf der anderen Seite hat nur: ›Treffpunkt La Seu, innen, Mittelschiff, letzte Bank, zweiundzwanzig Uhr, der Haupteingang ist offen‹ gesagt, sonst nichts. Dann war die Verbindung beendet.«

»Donnerwetter«, sagte Stefan, und Annika fragte: »Waren Sie dort?«

»Selbstverständlich – es kommt noch besser.«

Obwohl die Zwillinge bei Weitem nicht alles verstanden, waren sie gespannt, wie es weiterging. Aber auch die anderen sahen den Beamten erwartungsvoll an.

»Sven, Marco«, begann er erneut, »ohne euch wäre die Sache so schnell vielleicht nie ins Rollen gekommen. Dafür danke ich euch an dieser Stelle. So, aber nun zu dem geheimnisvollen Treffen. Ich ging, obwohl es ein ziemliches Risiko war, allein dorthin, um den Mann, der mich treffen wollte, nicht zu verunsichern. Es hätte genauso gut eine Falle sein können, aber dieses Risiko musste ich eingehen. Als ich den älteren Mann in der letzten Bank sitzen sah, war mir klar, dass es keine Falle war, und ich gab mich zu erkennen.«

»Wie konnten Sie so sicher sein, dass es sich nicht einfach um einen Touristen handelte?«, fragte Marco.

»Die Kirche ist um die Zeit normalerweise verschlossen. Am Telefon betonte der Mann ja extra, dass der Eingang offen sei. Ich gab mich also zu erkennen, und das Erste, was der Alte sagte, war: ›Gut, dass Sie vom Festland sind.‹ Ich fragte ihn, wie er das meine, und er sagte zu mir, sein Neffe, das war Gonzales, habe ihm einmal anvertraut, dass diese Organisation viele Institutionen und Ämter auf der Insel bereits unterwandert hat. Dann übergab er mir die Unterlagen.«

»Welche Unterlagen?«, fragte nun Annika, und Esteban antwortete: »Die Aufzeichnungen von Gonzales. Mein Kollege sichtet sie gerade. Unter anderem entlasten sie eindeutig Ihren Mann und Kommissar Hernandez, aber sie stecken auch voller wichtiger Informationen zu den Hintermännern der Organisation. Sie waren einmal als Lebensversicherung für Gonzales gedacht – leider hat es nicht funktioniert, wie man sieht.«

»Warum hat denn der alte Mann ...«, begann Stefan,

aber Esteban unterbrach ihn und sagte: »Das habe ich mich auch gefragt und fragte also ihn, ob er wisse, was passiert ist. Da hat er traurig genickt und gesagt, deshalb wäre es ja so wichtig, dass diese Aufzeichnungen in die richtigen Hände gelangen. Auf meine Frage, warum er das für Gonzales tue und sich selbst damit in Gefahr begebe, sagte er: ›Leon hat mir vor zwanzig Jahren das Leben gerettet, als er mir eine Niere spendete. Dafür stehe ich in seiner Schuld auch nach seinem Tod. Leon hat alles dafür getan, dass meine Existenz geheim bleibt, um mich zu schützen. Er hat dieses Mobiltelefon, auf dem Sie mich erreicht haben, in der Schweiz besorgt und dort mit einer Prepaid-Karte ausgestattet. Zudem lebe ich in Barcelona und nicht auf der Insel. Ich bin jetzt mit der Abendfähre hergekommen und werde noch mit der Nachtfähre zurückfahren.‹ Mehr sagte der Mann nicht, er drückte mir nur noch ein prall gefülltes Briefcouvert in die Hand, stand auf und ging. Die Aufzeichnungen darin sind so präzise«, sagte Esteban zu Annika, »dass wir Ihren Mann und Kommissar Hernandez noch heute freibekommen werden. Deshalb muss ich das Gespräch an dieser Stelle beenden. Die Anwälte der beiden haben für heute Morgen einen weiteren Haftprüfungstermin beantragt, zu dem ich und mein Kollege als Zeugen gehört werden sollen. In einer halben Stunde müssen wir im Gericht sein. Fahren Sie ins Hotel, ich denke, dass Ihr Mann bald wieder bei Ihnen ist, das dürfte nur eine Frage von zwei oder allerhöchstens drei Stunden sein.«

»Danke für alles«, sagte Annika gerührt, und Francisco Esteban sagte: »Bedanken Sie sich bei Ihrem Sohn und Marco Ferreira. Die Nachforschungen der beiden haben das alles erst möglich gemacht.«

Dann verließ der Kommissar den Raum.

12.

Anschließend waren alle nach Cala Millor zurückgefahren, um auf die Rückkehr Peter Stettners zu warten. Sven hatte darauf bestanden, dass Marco mit dabei ist, und Annika hatte dem notgedrungen zugestimmt. Es herrschte eine Art brüchiger Waffenstillstand.

Als sie im Hotel zurück waren, setzten sie sich alle auf die Terrasse und aßen eine Kleinigkeit, dann warteten sie schweigend. Nur die Zwillinge ließen sich von der angespannten Stimmung nicht die Urlaubslaune verderben und tobten durch den Pool.

Es dauerte dann doch noch fast bis sechzehn Uhr, bis Dr. Pfannmöller, sein spanischer Kollege, Peter Stettner und Juan Hernandez im Hotel eintrafen. Sie alle wurden überschwänglich begrüßt, und Annika fiel Peter freudestrahlend um den Hals. Als Sven kurze Zeit später einmal zur Toilette ging, folgte Peter ihm.

»Danke, Sven. Was du für mich getan hast, vergesse ich dir nie«, sagte er. »Ich stehe für immer in deiner Schuld. Und wenn es wirklich dein größter Wunsch ist, Detektiv zu werden, dann werde ich dich mit aller Kraft dabei unterstützen. Denn dass du das Zeug dazu hast, hat man hinreichend gesehen.«

»Das war aber auch zu großen Teilen das Verdienst von Marco und seinem Vater.«

»Ganz bestimmt, aber trotzdem, was du geleistet hast …«

»Mutti wird bestimmt etwas dagegen haben, dass ich Detektiv werde.«

»Lass mich das mal machen.«

Als die beiden kurze Zeit später an den Tisch zurückkamen, sagte Annika gerade zu dem Kommissar: »Señor Hernandez, Sie haben sicher schon erfahren, was mit Ihrer Frau geschehen ist. Wie gehen Sie damit um?«

»Das kann ich noch nicht sagen. Sie hat mich aufs Schändlichste hintergangen, aber ich vermisse sie jetzt schon. Sie fehlt mir. Blöde, was?«

»Nein, das ist Liebe«, sagte Annika aus tiefstem Herzen. »Werden Sie heute in Ihr Haus nach Son Servera fahren?«

»Nein, dorthin werde ich nie mehr zurückkehren – genauso wenig wie zur Polizei. Man hat mich bereits fragen lassen, ob ich diese Sonderkommission auch weiterhin leiten möchte. Aber ich habe abgelehnt und sofort den Dienst quittiert. Vermutlich wird Kommissar Francisco Esteban diese Stelle übernehmen. Ich habe ihm für diesen Fall zugesagt, dass er mich in seiner Einarbeitungszeit um Rat fragen darf. Dafür stehe ich ihm gern zur Verfügung. Ich habe bis auf Weiteres im Hotel hier nebenan ein Zimmer gebucht, bis mein Haus verkauft ist und ich eine neue Bleibe habe. Ach ja, Peter, würdest du mich morgen Vormittag einmal begleiten?«

»Wohin?«

»Zu diesem Hotel von meiner Tante.«

»Aber klar«, meinte Peter, bevor Annika etwas anderes sagen konnte.

Dennoch wagte sie einzuwerfen: »Aber wir haben nur noch zwei Tage …«

»Vielleicht am Sonntag. Außerdem verspreche ich dir,

in Zukunft etwas kürzer zu treten. Wir werden ab dem nächsten Jahr mindestens einmal im Jahr in den Urlaub fahren.«

»Das glaub ich erst, wenn es so weit ist«, sagte Annika süßsauer lächelnd, »so gut kenne ich dich inzwischen.«

Kurz darauf verabschiedete sich Hernandez mit den Worten: »Ich hole dich morgen um zehn hier ab.« Das nahm auch Marco zum Anlass, sich zu verabschieden.

Sven sagte: »Marco, ich komm mit. Immerhin sehen wir uns ab Montagfrüh für eine längere Zeit nicht. Ich werde dich aber gleich nach meinem achtzehnten Geburtstag für zwei Wochen hier besuchen.«

Dann gingen auch sie.

Am nächsten Morgen holte Juan Hernandez Peter Stettner am Hotel ab, und sie gingen die wenigen hundert Meter bis zum Hotel von Juans Tante. Es stand in der vierten Strandlinie nicht einmal fünfzig Meter von der bestimmt einen Kilometer langen Fußgängerzone entfernt. Von außen sah es nicht einmal so übel aus, aber als sie die Eingangstür aufgeschlossen hatten, für die Juan Hernandez einen Schlüssel hatte, traf sie fast der Schlag. Nicht nur, dass zentimeterdick der Staub auf allen noch verbliebenen Möbeln lag, auch der Putz bröckelte von den Wänden.

»Oje, das ist ja ein Fass ohne Boden«, sagte Peter, »sei froh, dass du die Erbschaft abgelehnt hast.«

»Hab ich zwar, aber es gehört mir inzwischen trotzdem.«

»Wie das?«

»Meine Tante hat Nägel mit Köpfen gemacht, und es mir kurzerhand geschenkt. Zwei Tage bevor du kamst, hab ich den Vertrag unterschrieben.«

»Aber im Gefängnis hast du …«

»Ich habe noch einen größeren Anschlag auf dich vor. Da musste ich ja erst mal sehen, wie du reagierst.«

»Einen Anschlag? Von solchen Worten habe ich erst mal die Schnauze gestrichen voll. Wenn ich nach Hause zurückkomme gibt es bis auf Weiteres nur zwei, drei solide Scheidungs-Überwachungen im Monat, sonst nichts. Vorerst ist mein Bedarf an Gangstern und Ganoven vollauf gedeckt.«

»Siehst du, deshalb frage ich dich jetzt, ob du und Annika vielleicht hierher umziehen wollt, und wir renovieren und führen das Hotel gemeinsam.«

»Moment mal, da hat Annika ja auch noch ein Wörtchen mitzureden. Außerdem kann ich mir das im Augenblick überhaupt nicht vorstellen.«

»Sicher?«

»Ziemlich.«

»Dann lass uns erst mal die oberen beiden Stockwerke besichtigen. Vielleicht änderst du deine Meinung ja noch.«

Wohl kaum, dachte Peter, ging aber mit, um seinen Freund nicht zu enttäuschen, der sich immer weiter in die Vorstellung hineinsteigerte, Hotelier zu werden.

Als sie vom zweiten Stock hinauf auf die Dachterrasse stiegen, wo es einen Außenpool gegeben hatte, ließ sich Peter dann doch ein wenig von Juans Euphorie anstecken, denn er sah, wie schön dieses Hotel einmal gewesen sein musste vor gut und gern zwanzig Jahren. Aber er sah auch, dass der Erlös aus dem Verkauf von Juans Eigenheim kaum die Hälfte der benötigten Renovierungskosten decken würde. Und wer weiß, wie viele versteckte Mängel noch auftauchten.

»Meinst du, das Ganze hier ist nicht eine Nummer zu groß für dich?«

»Nein, wieso. Ihr Deutschen mit eurem ewigen Pessimismus. Wenn alle so gedacht hätten wie ihr, würden wir heute noch unsere Lasten an Seilen hinter uns her durch den Staub zerren und uns nicht trauen, das mit dem Rad endlich mal auszuprobieren.«

Peter musste grinsen, denn so voll bissigem Sarkasmus hatte er Juan Hernandez noch nie erlebt.

Deshalb sagte er: »Juan, ich mache dir einen Vorschlag. Im Dezember und Januar werde ich mich zu Hause ausklinken, um Weihnachten herum läuft ohnehin nicht allzu viel. Da kann ich nach Mallorca fliegen, um dir zu helfen, soweit das mit meinen zwei linken Händen überhaupt funktioniert. Annika könnte vielleicht kurz vor Weihnachten zu uns stoßen und nach Neujahr wieder zurückfliegen. Das heißt, vorausgesetzt, meinem Vater geht es bis dahin noch besser. Du weißt ja, er hat an mehreren Fronten gegen den Krebs zu kämpfen. – Wenn Annika dann hier ist, kannst du ihr diesen Vorschlag mal machen.«

»Okay, besser als nichts. Lass uns noch einmal kurz im Keller nach dem Rechten sehen, dann gehen wir zurück.«

Zeitgleich mit Peter kamen auch Marco und Sven am Hotel an. An Svens Strahlen erkannte Peter sofort, dass die beiden eine wunderschöne Nacht gehabt haben mussten.

»Na, ihr beiden, geht es euch gut?«

»Wunderbar«, sagte Sven, doch Marco schwieg.

Peter sah mit geschulten Detektivaugen sofort, dass Marco etwas bedrückte, und so blieb er, anders als er es vorgehabt hatte, erst einmal in der Nähe. Er setzte sich ins Foyer, wo eine große Couch stand, und beobachtete die beiden. Früher hätte er dank seines ausgezeichneten Gehörs bestimmt jedes Wort verstehen können, aber nun drang nur noch fernes Gemurmel an sein Ohr.

Auch ein Grund, übers Aufhören nachzudenken, dachte er.

»Marco, holst du mich nachher ab, wenn ich umgezogen und geduscht bin? Meinen Koffer habe ich dann auch so weit gepackt, dass ich ihn Montagfrüh, wenn es zurückgeht, nur noch zu schnappen brauche. Dann gehen wir noch mal groß aus und verbringen die erst mal letzten gemeinsamen Stunden. Am Montagmorgen kannst du mich dann zum Flughafen bringen.«

»Ja, das können wir gern so machen. Zum Flughafen muss ich am Montagmorgen sowieso.«

»Ach ja? Warum?«, fragte Sven.

»Weil ich selbst am Montag nach Madrid fliege. Wie du weißt, beginne ich am ersten September dort mein Studium. Ich habe dort eine Wohnung gemietet, einen Mitbewohner gesucht und wir werden dort in einer WG wohnen.«

»Wie ich weiß? Ich wusste, dass du Journalist werden willst – und dass du studieren willst, konnte ich mir denken. Aber wann und wo, hast du mir bislang nicht gesagt. Das war mir so nicht klar. Und dass du in eine WG mit irgendeinem anderen Typen ziehen wirst, auch nicht«, sagte Sven entsetzt.

»Deshalb muss ich ja fliegen. Ich will mit ihm reden, vielleicht kann ich ihm helfen, so kurz vor Semesterbeginn noch eine andere WG zu finden, und du kommst, sobald du achtzehn bist, zu mir nach Madrid. Ich konnte vorher nicht ahnen, wie sehr ich mich in dich verliebe.«

»Hm … aber dass du nach Madrid fliegst, in wenigen Wochen dein Studium aufnimmst und dass du diesen

Typen erst noch loswerden musst, war dir auch vor einer Woche schon sonnenklar. Ich hätte mich wirklich riesig über dein Angebot gefreut, wenn du von vornherein mit offenen Karten gespielt hättest. Das mit den Heimlichkeiten habe ich gerade erst mit Benjamin zur Genüge gehabt. Davon habe ich ein für alle Mal die Schnauze so was von gestrichen voll.«

Marco schwieg einige Sekunden lang betroffen, denn auch wenn Sven stark übertrieb, ein wenig recht hatte er schon.

»Ich habe mir das so schön vorgestellt, du und ich machen zusammen die Nächte in Madrid zum Tag.«

»Bist du dir da so sicher?«, fragte Sven und redete sich, fast gegen seinen Willen, immer mehr in Rage. »Ob ich vielleicht eine ganz andere Lebensplanung habe, hat dich kein bisschen interessiert. Außerdem hast du wohl gedacht, wenn du mir das erst nach unserer ersten richtigen Nacht sagst und ich deine Pläne am Ende nicht kommentarlos übernehme, hast wenigstens du deinen Spaß gehabt. Nein, danke. Du bist nicht viel besser als Benjamin. Wir sollten uns besser erst einmal nicht mehr sehen.«

»Was heißt das, ist es aus?«, fragte Marco erschrocken.

»Kann ich noch nicht sagen, aber ein bisschen Sendepause wäre gut.«

»Dann ... dann tschüss, bis hoffentlich irgendwann«, sagte Marco bis in die Grundfesten erschüttert, drehte sich schnell um und ging davon.

Er war froh, sich so schnell weggedreht zu haben, denn so sah Sven die Tränen nicht, die ihm übers Gesicht rannen.

Peter sah von seinem Platz aus, dass Marco sich plötzlich umdrehte und davonstürmte. Auch Sven schien irgendwie verstört zu sein, denn er sah ihm lange nach, bevor er mit hängendem Kopf in die Hotelhalle trat.

Peter stand schnell auf, ging auf seinen Stiefsohn zu und legte ihm tröstend die Hand auf die Schulter.

»Zoff?«, fragte er nur, und Sven, der froh war, mit Peter reden zu können, erzählte ihm alles, was er gerade erfahren hatte.

»Wie kann er mich nur so hintergehen?«, fragte Sven, und Peter antwortete: »Kann es nicht sein, dass er genau so etwas befürchtet hat? Dass er sich einfach nicht traute, dir die Wahrheit zu sagen – und dafür Anlauf bis eben brauchte?«

»Meinst du? Soll ich …«

»Nein, sofort zu ihm gehen würde ich jetzt auch nicht. Damit begibst du dich in eine unterwürfige Rolle. Aber wenn er von sich aus den Kontakt zu dir sucht, solltest du ihn nicht abwimmeln. Wenn euer Gefühl füreinander wirklich so stark ist, wie es aussieht, rauft ihr euch bestimmt wieder zusammen.«

»Danke, Peter.«

Die Familien Stettner und Weimershaus verbrachten noch einige ruhige Stunden auf der Insel, bevor Stefan und die Seinen am Sonntagnachmittag abreisten. Am Montagmorgen flogen auch Peter, Annika und Sven zurück, und es war bei der Größe des Flughafens nicht weiter verwunderlich, dass Sven und Marco sich nicht begegneten.

Kaum in Kelkheim angekommen, waren beide Familien schnell wieder so fest im Griff des Alltags, dass die Zeit wie im Flug verging. Inzwischen konnte Peter sogar über die zehn Tage im mallorquinischen Gefängnis lachen, und sein Vater, dem es zwar nicht besser, aber zum Glück auch nicht viel schlechter zu gehen schien, war nicht mehr sauer, dass man ihm erst hinterher gesagt hatte, was geschehen war.

Auch zwischen Sven und Marco schien es wieder eine Annäherung zu geben, denn als Svens achtzehnter Geburtstag vor der Tür stand, hatten sie bereits einige Male miteinander telefoniert, das wusste außer ihm nur Peter.

Dann kam Svens Geburtstagsfeier, zu der nur seine Familie anwesend war. Annika hatte sich wieder einmal selbst übertroffen und für ihren Sohn ein festliches Mahl gezaubert, das seinesgleichen suchte.

Peter war sich sicher, dass sie sich auch deshalb so ins Zeug legte, weil sie überzeugt davon war, dass das Kapitel Marco endgültig der Vergangenheit angehörte. Andreas und Dagmar Stettner, Peters Eltern, waren anwesend, ebenso Verenas Eltern, Joachim und Sabine Stettner. Joachim, Peters Bruder, war Bildhauer und hatte eigens für Sven eine Marmorskulptur gefertigt.

Stefans Eltern mussten wegen einer Grippewelle, die ganz Bielefeld fest im Griff hatte, zu Hause bleiben, hatten Sven aber ein fürstliches Geburtstagsgeschenk in Form einer größeren Summe auf sein Sparbuch eingezahlt. Das schönste Geschenk aber bekam er von Peter und Annika. Kurz nach dem Essen übergab Peter ihm einen Schlüssel, und Sven sah, dass es ein Autoschlüssel war.

»Heißt das …«, fragte er, und Peter nickte. »Draußen steht dein eigener fahrbarer Untersatz. Deine Mutter und ich waren der Meinung fürs Erste reichen dir fünfundsiebzig PS. Ist doch okay, oder?«

»Klar … damit kann ich euch prima bei Observierungen unterstützen.«

»So war das aber nicht gedacht«, sagte Annika verärgert.

»Das war eigentlich dafür, dass du endlich eine Ausbildung aufnimmst und zu deiner Lehrstelle fahren kannst.«

»Aber Peter hat mir versprochen …«

»Was hat Peter?«, fragte ihn seine Mutter scharf.

»… mir auf Mallorca versprochen, dass ich Detektiv werden dürfte.«

Peter ahnte bereits, dass damit die Harmonie dieses Abends innerhalb der nächsten Sekunden Geschichte wäre, und hatte nicht ganz Unrecht damit.

Annika sah ihren Mann mit einem vernichtenden Blick an und wandte sich dann zu Sven: »Das hat er bestimmt im Überschwang der Gefühle gesagt, als er endlich wieder frei war. Ärgerlich zwar, aber …«

»Nein, das hatte ich vollkommen ernst gemeint«, bekräftigte Peter und bekam deshalb nicht mit, wie sein Vater plötzlich mit schmerzverzerrtem Gesicht auf seinem Stuhl hin und her rutschte. Denn auch seine Eltern hatten der ganzen Familie etwas verschwiegen. Andreas Stettners Krebserkrankung hatte inzwischen weitere Metastasen in den Knochen gebildet, und er bekam schon seit einigen Wochen, wenn auch nur mit äußerst mäßigem Erfolg, Bestrahlungen dagegen.

Stattdessen richtete sich alle Aufmerksamkeit ganz auf Annika, die verbittert sagte: »Du weißt genau, wie ich über diesen Unfug denke. Aber nicht nur Sven macht in diesem Hause ohnehin, was er will.«

»Jetzt bist du aber ungerecht«, versuchte Peter seinen Stiefsohn beizuspringen, erreichte damit aber nur, dass sie noch wütender wurde.

»Verdammt noch mal, nerv du mich nicht auch noch. Ich mühe mich ab und versuche hier, Sven einen schönen Geburtstag zu bereiten, und er hat das ganze Jahr über nichts Wichtigeres zu tun, als mich zu ärgern. Erst dieser dämliche Benjamin, dann auch noch Marco. Wenigstens ist auch diese Affäre inzwischen Geschichte. Vielleicht wirst du jetzt endlich wieder normal.«

Nun hatte Sven aber genug. »Was heißt hier normal? Was heißt Affäre? Das mit Marco ist noch lange nicht vorbei. Ich werde ihn zu Weihnachten in Madrid besuchen. Das haben wir gestern am Telefon so vereinbart. Nur damit du es schon mal weißt!«, schrie er fast.

»Am Telefon …«, begann Annika und rang erst einmal nach Luft, bevor auch sie ihren Sohn anschrie: »Das machst du ganz bestimmt nicht!«

»Ich bin jetzt achtzehn, ich kann machen, was ich will. Du hast mir gar nichts mehr vorzuschreiben!«

»Solange du deine Füße unter meinen Tisch streckst, schon!«

»Das kann sich sehr schnell ändern!«, brüllte Sven nun so laut, dass seine Stimme sich überschlug, sprang so heftig vom Tisch auf, dass sein Stuhl nach hinten umkippte, und stürmte aus dem Zimmer.

Dann rannte er die Treppe hinauf in sein Apartment. In Windeseile stopfte er einige Kleidungsstücke in seinen Seesack, nahm seine abschließbare Schatulle, in der er seine Ausweise wie auch die Kontokarte verwahrte, aus der Kommode und steckte zu guter Letzt noch all sein Bargeld, das er am Vortag von der Bank geholt hatte, ein. Dann polterte er genauso schnell die Treppe wieder hinunter und schlüpfte an Peter, der ihn aufhalten wollte, vorbei hinaus ins Freie.

Peter rannte hinter ihm her und baute sich gerade, als Sven den Wagen anrollen ließ, vor der Motorhaube auf.

»Sven, geh jetzt nicht im Streit, das ist es nicht wert.«

»Doch, Peter, lass gut sein. Ich halte das hier einfach nicht mehr aus, und das liegt ganz bestimmt nicht an dir.«

»Bitte bleib, ich drücke das durch, dass du Detektiv wirst.«

»Zu spät. Du hast doch gehört …«

»Okay, du musst erst mal hier raus, das sehe ich ja ein. Aber melde dich bitte, wenn du etwas zur Ruhe gekommen bist«, sagte Peter, der einsah, dass hier im Moment nichts mehr zu machen war.

»Ich muss erst einmal Abstand von allem gewinnen. Das kann einige Wochen, vielleicht auch Monate dauern, ich weiß es nicht.«

»Bitte ruf mich an. Sven. Wir müssen doch wissen, ob es dir gutgeht.«

»Okay, ich melde mich bei dir, sobald ich mich beruhigt habe. Erwarte das aber nicht zu früh. Und auch nur, wenn du meiner Mutter nichts davon sagst.«

»Das kann ich dir nicht zusagen. Sie wird sich schreckliche Sorgen um dich machen. Sollte sie zu sehr leiden, werde ich nicht zögern, es ihr zu sagen.«

»Meinetwegen. Allerdings verrate ich unter diesen Umständen auch dir nicht, wo ich bin. So, und jetzt muss ich hier raus, geh bitte zur Seite. Ich habe schon viel zu lange darauf gewartet, endlich frei zu sein.«

Sven ließ den Motor aufheulen, und Peter trat zur Seite. Dann rollte der Wagen an und verschwand in der Dunkelheit.

Peter war unzufrieden mit sich, weil er Sven nicht hatte aufhalten können, war sich aber auch im Klaren darüber, dass das niemand gekonnt hätte.

Als er ins Zimmer zurückkam und die ganze Runde wie versteinert am Tisch saß, sahen alle ihn fragend an.

Annika fragte nur: »Ist er weg?«

»Ja.«